COLLECTION
FOLIO ESSAIS

Robert Darnton

Apologie du livre

Demain, aujourd'hui, hier

Traduit de l'anglais (États-Unis)
par Jean-François Sené

ÉDITION AUGMENTÉE

Gallimard

Titre original :

THE CASE FOR BOOKS
PAST, PRESENT, AND FUTURE

Robert Darnton est historien du livre, ancien président de l'American Historical Association, spécialiste de la littérature clandestine au siècle des Lumières et directeur de la Harvard University Library, la bibliothèque universitaire de Harvard.

Introduction

Cet ouvrage, apologie sans retenue du texte imprimé passé, présent et à venir, traite du livre. C'est également une discussion sur la place du livre dans l'environnement numérique qui est devenu aujourd'hui une réalité fondamentale pour des millions d'êtres humains. Loin de déplorer les moyens électroniques de communication, je souhaite explorer les possibilités de les mettre en parallèle avec la puissance libérée par Johannes Gutenberg il y a plus de cinq siècles. Quel terrain commun existe-t-il entre le bon vieux livre et le livre électronique ? Quels avantages mutuels lient bibliothèques et Internet ? Ces questions peuvent sembler creuses dans l'abstrait, mais elles trouvent une dimension concrète dans les décisions que prennent au quotidien les acteurs de l'industrie de la communication, vaguemestres, informaticiens, juristes, éditeurs, bibliothécaires et une foule de simples lecteurs.

Ayant moi-même joué un rôle de figurant dans ce domaine, je propose ce recueil d'essais comme guide éventuel à quiconque chercherait à se frayer un chemin dans le paysage de l'information. Mon propre itinéraire m'a conduit à travers de vastes territoires qui ne m'étaient pas familiers. Après une brève carrière de reporter consacrée à couvrir principalement les crimes et délits pour le *Newark Star Ledger* et le *New York Times*, je suis devenu professeur d'université et j'ai consacré l'essentiel de mon temps au XVIIIe siècle et à l'étude d'un sujet connu aujourd'hui sous le nom d'histoire du livre. Les recherches sur l'édition au siècle des Lumières m'ont conduit à observer les éditeurs à l'œuvre dans le monde moderne quand j'ai passé quatre années au comité de lecture de la Princeton University Press et ensuite quinze années comme administrateur de l'Oxford University Press (États-Unis). Le quartier général de la OUP sur Madison Avenue m'a donné un aperçu du métier et de l'aspect universitaire de l'édition. Un été passé comme professeur détaché à la chaîne CBS m'a offert un nouvel aperçu des bureaux d'une entreprise située sur la Sixième Avenue. L'élection au conseil d'administration de la bibliothèque de la ville de New York m'a ramené au cœur du pays du livre à l'angle de la Cinquième Avenue et de la 42e Rue. À cette date je publiais des livres grand public pour les éditions W. W. Norton à un pâté d'immeubles de là et des articles pour la *New York Review of Books* du côté de Broadway et de la 57e Rue. L'aurais-je prévu que je n'aurais pu suivre un cheminement plus significatif dans l'univers contemporain du livre. Mais tout avait été affaire de chance et d'improvisation à mesure que les occasions se présentaient.

Dans le même temps, j'ai contribué à lancer deux entreprises d'édition de mon cru : l'Electronic Enlightenment, une base de données numériques constituée des correspondances de Voltaire, Rousseau, Franklin et Jefferson (actuellement commercialisée par la Voltaire Foundation à Oxford sous la forme d'une souscription groupée dont le contenu diffère quelque peu de ce que j'avais envisagé à l'origine), et Gutenberg-e, une série de monographies numériques produites à partir de thèses de doctorat en histoire qui ont été primées (elles aussi vendues par souscription par l'éditeur, la Columbia University Press). La Fondation Andrew W. Mellon a financé ces deux projets et m'a aidé à comprendre l'importance des plans de développement et la possibilité de défendre l'intérêt public à partir d'initiatives du secteur privé.

Enfin j'ai entrepris d'écrire un livre numérique de grande envergure sur l'édition et la librairie en Europe au XVIIIe siècle. Mais, avant de créer un site Internet, j'ai reçu un coup de téléphone inattendu du doyen de l'université Harvard pour me demander si j'accepterais une nomination éventuelle comme nouveau directeur de la bibliothèque universitaire. Je n'ai guère hésité avant de donner mon accord. C'était là l'occasion de faire quelque chose en rapport avec les questions que j'avais étudiées comme phénomènes historiques. En principe, le poste n'impliquait pas une lourde charge de travail administratif. On escomptait au contraire que je poursuive mes recherches et mon enseignement magistral tout en laissant la gestion des bibliothèques (dont le nombre varie, selon la définition que l'on donne au terme, entre quarante et cent quatre) aux conservateurs considérés en général comme les meilleurs dans leur profession. Mais, dès mon entrée en fonction en juillet 2007, j'ai appris que Harvard s'était engagé dans des discussions secrètes avec Google sur un projet qui m'a coupé le souffle. Google projetait de numériser des millions de livres, à commencer par ceux de Harvard et de trois autres bibliothèques universitaires, et de commercialiser les copies numériques en puisant dans une base de données qui deviendrait la plus grande bibliothèque au monde, bien plus grande que tout ce dont on avait rêvé depuis la bibliothèque d'Alexandrie.

Google Book Search (Google Recherche Livres), ainsi qu'il devint connu, était né à la suite d'une tentative de règlement d'un procès intenté contre Google en septembre et octobre 2005 par un groupe d'auteurs et d'éditeurs qui affirmaient qu'en numérisant les livres des bibliothèques de recherches et en en publiant des extraits sur Internet, Google contrevenait au droit d'auteur. L'université Harvard n'était pas partie prenante dans ce procès, mais devait être tenue informée des négociations visant à parvenir à un accord parce que Google Book Search ne décollerait jamais sans la coopération des bibliothèques qui fourniraient les ouvrages à numériser. J'ai passé une bonne partie de mes deux premières années à Harvard en compagnie de juristes à tenter de comprendre les implications de l'accord au fur et à mesure de son élaboration. Tout fut tenu secret selon des clauses de confidentialité jusqu'au jour où l'accord fut rendu public le 28 octobre 2008. À cette date j'avais reçu une espèce de formation en matière de litiges dans le monde de l'entreprise et de fonctionnement de l'étrange univers de Google où de jeunes informaticiens assis en rond sur des ballons de caoutchouc gonflables et multicolores conçoivent des algorithmes permettant de rechercher n'importe quoi. (Au cours d'une visite dans un bureau de Google, j'avais demandé à un membre du sérail comment il décrirait la hiérarchie au sein de la société : « C'est simple, avait-il répondu. Tout d'abord, les informaticiens, puis les juristes et ensuite les chefs cuisiniers. »)

Si ébloui que je fusse par la vision d'une méga-bibliothèque digitale, je nourrissais des doutes sur le fait de laisser les collections de Harvard, constituées au prix d'efforts et de dépenses énormes depuis 1638, faire l'objet d'une spéculation commerciale. Je n'avais pas d'objections contre le projet de Google visant à présenter gratuitement sur Internet les ouvrages tombés dans le domaine public, mais Google envisageait de vendre des souscriptions à sa base de données numériques composée de livres sous copyright, c'est-à-dire non libres de droits, et de partager les recettes avec les éventuels plaignants qui poursuivraient l'entreprise en justice. Plus j'apprenais à connaître Google et plus cette société m'apparaissait être un monopole décidé à conquérir des marchés plutôt qu'un allié naturel des bibliothèques dont l'unique fonction est de préserver et de diffuser le savoir. J'ai essayé d'expliquer les problèmes que pose Google Book Search dans deux articles publiés dans la *New York Review of Books*. Depuis s'est engagé un débat public animé qui demeure vif à l'heure à laquelle j'écris, alors même que le sort du règlement doit encore être fixé par un tribunal dont les délibérations ont commencé le 7 octobre 2009.

L'autre problème qui m'a accaparé pendant ces deux premières années à Harvard était une version locale du mouvement général connu sous le nom de libre accès. En collaboration avec Stuart Schieber, un informaticien attaché à la cause du libre accès, et avec le soutien de Steven Hyman, doyen de Harvard, j'ai défendu une motion devant le corps enseignant des facultés des arts et des sciences pour rendre tous les articles universitaires des enseignants accessibles en ligne à titre gratuit. Cette motion fut votée à l'unanimité le 12 février 2008. Par la suite, des motions similaires ont été adoptées par la faculté de droit, l'École de sciences politiques John F. Kennedy et l'École des sciences de l'éducation (School of Education). Les autres facultés qui composent l'université Harvard devraient emboîter le pas, de sorte qu'un vaste débat est actuellement mené dans le monde universitaire sur un « modèle Harvard » de libre accès. Ce qui distingue ce modèle des autres politiques de libre accès, c'est son caractère obligatoire. Il est demandé aux enseignants d'accorder une licence de non-exclusivité à Harvard permettant à leurs travaux d'être librement consultables à partir d'un fonds que la bibliothèque administre par le biais d'un Office for Scholarly Communication (Bureau des communications universitaires). Ils peuvent se récuser en demandant une dérogation, accordée automatiquement, mais ils s'engagent en principe à communiquer librement les résultats de leurs recherches à toute personne ayant accès à Internet.

Le principe de libre consultation sous-tend plusieurs autres projets discutés dans les essais qui suivent. Je ne prétends pas que mes lecteurs prêtent un intérêt particulier à ce qui se passe à Harvard, mais la bibliothèque universitaire représente, en la circonstance, un lieu idéal pour aborder les problèmes qui existent partout dans le monde du savoir : paiement du coût exorbitant des revues scientifiques, conservation des textes « nés sous forme numérique », défense de la notion d'usage raisonnable pour la communication de textes ou de cours aux étudiants, inclusion de sites Internet dans les sources à sauvegarder pour de futures recherches. Il existe également des problèmes d'ordre pratique. Comment maintenir les acquisitions de livres imprimés tout en progressant sur le front du numérique ? Comment développer un nouveau modèle économique qui affranchira les revues scientifiques des spéculations mercantiles des éditeurs ? Comment légitimer les monographies numériques aux yeux des conservateurs qui croient qu'un livre ne peut exister que sous forme imprimée ? Ces questions débouchent sur l'avenir entier de la communication. J'espère qu'elles intéresseront un vaste lectorat même si je les présente telles qu'elles me sont apparues dans mon petit coin d'un campus.

Toute tentative pour sonder l'avenir tout en affrontant les problèmes du présent devrait se fonder, je le crois, sur l'étude du passé. J'ai donc organisé ce recueil d'essais autour de réflexions qui constamment passent des temps plus anciens de l'information, qui disposaient de leurs propres systèmes de communication, aux polémiques actuelles et aux hypothèses sur le monde du livre tel qu'il existera dans cinq ou dix ans. J'ai particulièrement privilégié, concernant le passé, trois aspects du livre dans l'histoire, qui me paraissent éclairants, par comparaison avec le temps le plus présent — mes lecteurs le comprendront en temps utile : le papier, matériau de base de la littérature du XVe au XXIe siècle ; la bibliographie, instrument majeur pour prendre la mesure des textes ; et la lecture, élément le plus fondamental et le plus mystérieux du processus de communication.

J'ai la conviction chevillée au corps que l'histoire du livre est un des domaines majeurs des sciences humaines. D'aucuns se demanderont si son succès témoigne d'une fascination pour un monde perdu à présent qu'Internet fait paraître archaïque la presse d'imprimerie. La réalité est autre : toutes les questions concernant l'avenir de l'édition comme la politique des bibliothèques — deux domaines désormais peu dissociables — ne peuvent trouver de solution que si elles sont inscrites dans une perspective historique. Je les aborde donc en tant qu'historien du livre et responsable d'une des plus grandes bibliothèques au monde, afin que l'articulation du présent et du passé aide, sous ma plume, le lecteur à se faire une opinion sur le long terme des problèmes actuels.

L'étude de l'histoire n'apporte pas, selon moi, d'enseignements directement applicables aux circonstances présentes. Toutefois, l'immersion dans le passé peut fournir un angle de vue utile sur les événements présents et à venir. Aujourd'hui, les gens sentent le sol se dérober sous leurs pieds et basculer vers une ère nouvelle qui sera déterminée par des innovations technologiques. Nous sommes les témoins d'un changement des comportements. Une génération « née avec le numérique » et « toujours connectée » bavarde en tout lieu sur des téléphones portables, tape des messages instantanés et navigue sur la Toile dans des mondes réels ou virtuels. Les jeunes que nous croisons dans la rue ou côtoyons dans le bus sont tout à la fois ici et ailleurs. Ils balancent les épaules et tapent du pied au rythme d'une musique qu'eux seuls entendent à l'intérieur du cocon de leurs systèmes numériques. Ils semblent être branchés de manière différente de leurs aînés dont la relation aux machines s'inscrit dans une autre zone du subconscient. Les anciennes générations ont appris à régler les appareils en tournant des boutons, les jeunes générations pianotent ou « basculent ». Cette différence peut sembler triviale, mais elle découle de réflexes profondément enfouis dans la mémoire cinétique. Nous nous frayons un chemin dans le monde au moyen d'une disposition sensorielle que les Allemands nomment *Fingerspitzengefühl*. Si vous avez été formés à guider votre stylo de l'index, regardez comment les jeunes utilisent leurs pouces sur leur téléphone portable et vous verrez comment la technologie imprègne une nouvelle génération corps et âme.

Le changement de *Fingerspitzengefühl* signifie-t-il que les lecteurs cesseront bientôt de feuilleter les livres d'un index mouillé ? Il semble que les appareils pour lire se soient fait une place dans le paysage de l'information. Mais le plus vieil appareil de tous, le codex, continue à dominer le marché. En fait, sa part de marché croît réellement. Selon *Bowker's Global Books in Print*, 700 000 nouveaux titres ont été publiés dans le monde en 1998, 859 000 en 2003 et 976 000 en 2007. Malgré la régression économique actuelle, bientôt il paraîtra un million de livres chaque année.

La persistance du pouvoir du vieux codex illustre un principe général dans l'histoire de la communication : un moyen de communication n'en chasse pas un autre, au moins à court terme. La publication de manuscrits prospéra longtemps après l'invention de Gutenberg ; les journaux n'éliminèrent pas le livre imprimé ; la radio ne remplaça pas le journal ; la télévision ne détruisit pas la radio et Internet ne poussa pas les spectateurs à renoncer à leurs postes de télévision. Le changement technologique nous apporte-t-il alors un message de continuité rassurant malgré la prolifération de nouvelles inventions ?

La réponse est non. L'explosion des modes de communication électroniques est aussi révolutionnaire que l'invention de l'imprimerie à caractères mobiles et nous avons autant de mal à assimiler ces nouveaux moyens que les lecteurs en eurent au XVe siècle lorsqu'ils se trouvèrent confrontés aux textes imprimés. Voici, par exemple, une lettre de Niccolò Perotti, humaniste et érudit italien, écrite à Francesco Guarnerio en 1471, à peine vingt ans après l'invention de Gutenberg :

> Mon cher Francesco, je n'ai cessé ces derniers temps de louer l'époque où nous vivons à cause du don superbe, divin même, de la nouvelle espèce d'écriture qui nous a été récem-

> ment apportée d'Allemagne. En fait j'ai vu un seul homme imprimer en un mois autant qu'auraient pu en écrire à la main plusieurs personnes en un an. [...] C'est pour cette raison que j'ai été conduit à espérer que, dans un bref délai, nous aurions une telle quantité de livres que pas un seul ouvrage ne pourrait être obtenu faute de moyens ou par manque. [...] Cependant — ô pensées erronées et ô combien humaines — je vois que les choses ont tourné de manière différente de ce que j'avais espéré. Car, à présent que n'importe qui est libre d'imprimer ce qu'il veut, on ignore souvent le meilleur et on écrit au contraire, simplement pour le divertissement, ce qu'il serait préférable d'oublier ou, mieux encore, d'*effacer* de tous les livres. Et même quand on écrit quelque chose qui mérite d'être lu, on le tord et le corrompt au point qu'il vaudrait bien mieux se passer de tels livres, plutôt que d'en avoir mille exemplaires qui répandent des faussetés de par le vaste monde[1].

Le ton de Perotti ressemble à celui de certains critiques de Google Book Search, dont je suis, qui déplorent les imperfections textuelles et les inexactitudes bibliographiques de la « nouvelle espèce d'écriture » que nous apporte Internet. L'avenir, quel qu'il puisse être, sera numérique. Le présent est un temps de transition où les modes de communication imprimés et numériques cohabitent et où les nouvelles technologies deviennent rapidement obsolètes.

Nous assistons déjà à la disparition d'objets familiers : la machine à écrire reléguée à présent dans les boutiques d'antiquités; la carte postale devenue objet de curiosité; la lettre manuscrite qui échappe aux capacités de la plupart des jeunes qui ne savent plus écrire en cursive; le journal quotidien disparu dans de nombreuses villes; la librairie du coin, remplacée par des chaînes elles-mêmes menacées par des distributeurs sur Internet et autres libraires virtuelles.

Et que dire de la bibliothèque? Elle pourrait passer pour la plus archaïque de toutes les institutions. Cependant, son passé augure bien de son avenir car les bibliothèques ne furent jamais des entrepôts de livres, mais elles ont été et seront toujours des centres du savoir. Leur position au cœur du monde du savoir en fait des lieux idéalement adaptés pour servir d'intermédiaires entre les modes de communication imprimés et numériques. Les livres peuvent également s'adapter à ces deux modes. Imprimés sur le papier ou conservés dans des serveurs, ils incarnent le savoir et leur autorité découle de bien autre chose que de la technologie qui entre dans leur fabrication. Ils doivent une part de cette autorité aux auteurs, quoiqu'ils aient imposé le respect bien avant que le culte de l'auteur ne prît forme au XVIIIe siècle. Ainsi que le soulignent les historiens du livre, les auteurs

écrivent les textes, mais les livres sont faits par des professionnels qui exercent des fonctions qui s'étendent bien au-delà de la simple fabrication et de la simple diffusion d'un produit. Les éditeurs sont des portiers qui contrôlent le flux du savoir. Ils choisissent, dans la diversité infinie de matériaux susceptibles d'être publiés, ce qu'ils croient, selon leur compétence professionnelle et leurs convictions personnelles, pouvoir se vendre ou devoir l'être. Leur jugement, fondé sur une longue expérience du marché des idées, détermine ce qui parvient aux lecteurs qui doivent s'y fier plus que jamais dans une époque d'excès d'informations. En sélectionnant les textes, les amendant, les mettant en forme pour les rendre lisibles et les portant à la connaissance des lecteurs, les professionnels du livre assurent des services qui survivront à tous les changements de la technologie.

C'est assez dire combien je suis heureux d'offrir ces essais sous la forme d'un codex, en tant que mots imprimés sur du papier[2].

Chapitre premier

LA LECTURE ET SES MYSTÈRES

Où l'on découvrira à l'ère du zapping numérique l'importance voilà quelques siècles des recueils de citations qui permettaient aux lecteurs de mettre en forme la matière du monde.

Il fut un temps où les lecteurs tenaient des recueils de citations ou des anas. Dès qu'ils tombaient sur un passage piquant, ils le recopiaient dans un carnet sous un titre approprié en lui ajoutant des observations faites au fil de la vie quotidienne. Érasme leur avait appris comment faire ; et, s'ils n'avaient pas connaissance de son populaire *De Copia*, ils consultaient des modèles imprimés ou le maître d'école du coin. Cette pratique se répandit partout en Angleterre au début de l'ère moderne, chez les simples lecteurs, mais aussi chez les écrivains célèbres comme Francis Bacon, Ben Jonson, John Milton et John Locke. Elle impliquait un mode particulier d'appréhension du verbe imprimé. À la différence des lecteurs modernes, qui suivent le mouvement d'un récit du début à la fin (sauf s'ils sont « nés avec le numérique » et cliquent à travers les textes sur des machines), les Anglais à cette époque lisaient par à-coups et sautaient d'un livre à l'autre. Ils brisaient les livres en fragments et assemblaient ceux-ci selon de nouvelles combinaisons en les transcrivant dans différentes sections de leurs carnets. Puis ils relisaient l'ensemble et en réorganisaient l'agencement en ajoutant d'autres extraits. Lecture et écriture étaient donc des activités inséparables. Elles entraient dans un effort continu pour tirer un sens des choses car le monde était empli de signes et vous pouviez y lire votre chemin ; en tenant un registre de vos lectures, vous faisiez un livre de votre cru, marqué du sceau de votre personnalité.

L'ère du recueil de citations atteignit son apogée à la fin de la Renaissance, quoique la collecte d'extraits de texte ait commencé au XIIe siècle et soit demeurée répandue chez les Victoriens. Elle disparut bien avant l'avènement de la « petite phrase ». Cependant elle survécut encore en quelques endroits. Le meilleur exemple de recueil de citations est *Geoffrey Madan's Notebooks*, publié par l'Oxford University Press en 1981. Peut-être est-ce le dernier de la lignée, car il est épuisé et semble être tombé dans l'oubli sauf dans quelques salles des professeurs des universités britanniques. Mais cet ouvrage très plaisant à lire mérite d'être sauvé de l'oubli, en particulier pour qui s'intéresse à la lecture elle-même comme moyen de tirer un sens du monde.

Formé à Eton et à Oxford, Madan survécut à une blessure reçue au cours de la Première Guerre mondiale mais, frappé de méningite en 1924, il dut se retirer et vivre de ses rentes ; il passa alors le reste de sa vie à observer, des clubs de Londres et des tables réservées aux professeurs à Oxford, la comédie humaine. Lorsqu'il rédigea ses observations, il respecta le principe érasmien de distiller les choses jusqu'à leur quintessence et de les noter dans des carnets, comme s'il conservait des vins rares pour les servir en dégustation au cours de conversations futures. Ainsi qu'Érasme le conseillait, Madan conçut sa propre série de rubriques pour classer ses matériaux. Mais ces rubriques correspondaient à l'univers d'un homme du monde dans les années 1920 et 1930 plutôt qu'à un humaniste chrétien du XVIe siècle. « Viniana », par exemple, est consacrée au vin lui-même, une des trois grandes passions de Madan avec l'argenterie ancienne et les livres rares :

> La reine Victoria « corsant » son bordeaux de whisky. (Gladstone, lettre à Mrs Gladstone, 1864.)

Je vois que vous avez été élevé dans la meilleure des écoles — celle du porto ; et si vous acceptez le conseil d'un vieil homme, sir, prenez-le dans un verre à bordeaux. (Révérend F. Bertie, à lord Ernle de All Souls College.)

« À demi seulement, je vous prie. » Une femme réservée tenant un verre à brandy à l'hôtel Savoy.

Le goût de Madan pour les anecdotes allait jusqu'à l'incongru, qu'il classait de manière lapidaire sous le titre « Humoristiques et Mémorables » :

Loin d'avoir été arrêté, comme nous l'avons affirmé, pour avoir poussé d'un coup de pied son épouse au bas des escaliers et lui avoir lancé une lampe à pétrole allumée, le révérend James P. Wellman est mort célibataire il y a quatre ans. (D'un journal américain, cité par Burne-Jones dans une lettre à lady Horner.)

Omlet, Omlet, dies is dein Feyder's spooke. (*Hamlet* néerlandais.)

Important si c'est vrai. Inscription que Kinglake voulait voir inscrite sur toutes les églises.

« Academica » constitue une rubrique pour les plaisanteries entre initiés énoncées directement avec un accent d'Eton et d'Oxford :

H. M. Butler : « Le Christ, au sens propre du terme, un gars de Trinity. » [Trinity College, ou Collège de la Trinité.]

Quel genre d'endroit est-ce donc là, Monsieur ? Quelque chose dans le style de Keble College [à Oxford] ? (Le valet de Raymond Asquith à son retour de Cambridge.)

Hornby [directeur de Eton] : « J'aimerais mieux que Shelley eût été élève à Harrow. »

« Beauté, Piquant et Charme » rassemble les propres observations de Madan et celles de ceux qui savaient relever le détail révélateur ou la tournure saisissante d'une phrase :

Note dans le Dante de Gladstone (que j'ai vu à la vente Rosebery) sur « *Nel mezzo del cammin...* » : 15-49 [ans d'âge].

Étrange que nous appelions le bout d'une corde ou d'une chaîne, le *bout*, alors qu'en grec c'est le *commencement*.

Le sourire de Peel : pareil à la plaque d'argent sur un cercueil. (O'Connell.)

L'humour de Madan alliait le snobisme à l'autoparodie patricienne, du genre de celle qui renforce les distinctions sociales tout en les tournant en dérision :

> Les pantalons doivent frissonner sur la chaussure, mais pas se casser. (Le tailleur d'Arnold Bennett.)

> Un gentleman : superficiellement peut-être, un homme qui ne paraît jamais sortir à l'instant même de chez son coiffeur.

> Tout gentleman se doit d'avoir trois exemplaires d'un livre : un à exposer (et qu'il gardera probablement dans sa maison de campagne), un autre pour son usage et un troisième à la disposition de ses amis. (Richard Heber.)

Mais son humour avait son côté caustique parce que, après les massacres de la Première Guerre mondiale, tout semblait absurde, patriotisme et religion compris :

> Nous avons canonné les Turcs de 9 à 11 heures; et puis, comme c'était dimanche, nous avons eu le service religieux. (Commandant, Royal Navy, à l'Amirauté, 1915.)

> Je ne lis jamais de poésie. Cela pourrait m'attendrir. (Général Hindenburg, 1912.)

> Le duc de Wellington n'aimait pas que les soldats poussent des acclamations, chose trop proche de l'expression d'une opinion.

La reine Victoria « indiquant d'un éventail levé » qu'un sermon devrait se clore. (*Quarterly Review*, avril 1901.)

Citations et bons mots s'enchaînent sans fin ; mais, au lieu de donner l'impression de notes désordonnées, ils apportent une vision cohérente du monde, à la fois profondément personnelle et empreinte de la saveur du temps. Le recueil de Madan mêle préciosité édouardienne et désenchantement de l'après-guerre, et le fait sans explication ni présentation, simplement en juxtaposant des remarques recueillies au cours de lectures ou de conversations.

Pourquoi s'arrêter sur ce livre ésotérique et oublié ? Parce qu'il montre comment un genre archaïque peut être employé pour imposer un ordre à l'expérience humaine contemporaine. Les recueils de citations servaient de cette même façon, mais bien plus efficacement, des siècles plus tôt lorsqu'ils étaient de banals outils pour les lecteurs. En les étudiant, les historiens et les spécialistes en littérature sont parvenus à une meilleure compréhension de la lecture en tant que pratique culturelle spécifique et que manière générale d'interpréter le monde. C'est là un travail délicat, surtout lorsque le chercheur passe des questions sur l'identité des lecteurs et sur ce qu'ils lisaient aux problèmes concernant la façon dont ils tiraient un sens des livres.

Thomas Jefferson est un exemple typique. Lorsque son recueil de citations fut publié, originellement en 1928, son éditeur scientifique, Gilbert Chinard, le salua comme un ouvrage qui éclairerait la personnalité complexe et la vision du monde de son auteur. Cette vision du monde en vint à incarner les Lumières en Amérique, mais elle paraissait étrange dans la mesure où elle consistait en un ensemble d'extraits des lectures du jeune Jefferson. De sa quinzième à sa trentième année, il recopia ces extraits sur des feuilles pliées de papier ministre. À un moment, au cours de la trentaine, il tria les feuilles qu'il voulait conserver et les fit relier en un volume de 123 feuillets qu'il consulta et cita pendant le reste de sa vie, mais sans plus jamais y ajouter d'autres passages.

C'est un recueil « littéraire » contrairement au recueil « juridique » qu'il utilisait pour son travail d'avocat. De ses 407 entrées, 339 sont des citations de poèmes, dont quatorze d'Ossian, le pseudo-barde celte inventé par James Macpherson et considéré par Jefferson comme « le plus grand poète qui ait jamais existé ». Jefferson avait une piètre opinion des romans et n'en cite qu'un, *Tristram Shandy* de Laurence Sterne. Il préférait le programme de base des classiques qu'il avait étudiés, écolier, sous le révérend James Maury, et étudiant au College of William and Mary : Homère, Euripide, Horace, Virgile et Ovide — mais pas Platon qu'il méprisait. Ses poètes britanniques incluaient des contemporains appréciés comme Edward Young et James Thomson, ainsi que Shakespeare, Milton et Pope. Mais ses sélections dans les poèmes sont moins prévisibles que son choix de poètes. Par exemple, il traite *Hudibras*, le poème burlesque de Samuel Butler, comme une source de moralisme solennel contrairement aux autres Virginiens qui l'utilisaient pour se moquer du puritanisme yankee. En fait, son recueil ne témoigne d'aucun sens de l'humour. Rien ne saurait être plus éloigné du monde de Geoffrey Madan, quoique ce dernier eût été un humaniste plus accompli.

« Le monde perdu de Thomas Jefferson », ainsi que le nomma Daniel Boorstin, était un endroit sérieux saturé de philosophie des Lumières ; mais peu de philosophes figurent dans le recueil, peut-être parce que Jefferson l'utilisait essentiellement comme relevé de ses lectures favorites chez les classiques et dans les belles-lettres. L'exception est Henry Saint John, vicomte de Bolingbroke, qui représente quarante pour cent de tous les extraits que Jefferson retint pour la version finale qu'il fit relier dans les années 1780. Il admirait chez Bolingbroke le commentateur audacieux de la Bible et recopia des passages tel celui-ci que nous citons comme Jefferson le fit : « Et il y a des défauts grossiers, et des faussetés tangibles, dans presque chaque page des Écritures, et leur teneur d'ensemble est telle qu'aucun homme qui reconnaît un être suprême absolument parfait ne peut croire qu'elles sont ses paroles. » Bolingbroke est la source du célèbre conseil que Jefferson donna à son neveu, Peter Carr : « Placez la raison fermement sur son siège et convoquez devant son tribunal tous les faits, toutes les opinions. [...] Lisez la Bible ensuite comme vous liriez Tite-Live ou Tacite. »

Cela peut sembler d'une familiarité rassurante : le père fondateur de la République était un rationaliste laïque lorsqu'il était jeune et célibataire. Mais que faire des passages que Jefferson a choisis chez Milton, comme cette lamentation d'Adam dans *Le Paradis perdu* ?

> ... rien qu'une côte recourbée de sa nature, plus inclinée (comme à présent je le vois) vers la partie gauche d'où elle fut tirée de moi. Bien ! si elle eût été jetée dehors, comme trouvée surnuméraire dans mon juste nombre.
>
> Ô pourquoi Dieu, créateur sage, qui peupla les plus hauts cieux d'esprits mâles, créa-t-il à la fin cette nouveauté sur la terre, ce beau défaut de la nature ? Pourquoi n'a-t-il pas tout d'un

coup rempli le monde d'hommes, comme il a rempli le ciel d'anges, sans femmes ? Pourquoi n'a-t-il pas trouvé une autre voie de perpétuer l'espèce humaine ? Ce malheur et tous ceux qui suivront ne seraient pas arrivés ; troubles innombrables causés sur la terre par les artifices des femmes et par l'étroit commerce avec ce sexe[1].

Pourquoi le jeune Jefferson a-t-il sélectionné ce passage, l'un des plus infâmes dans les annales de la misogynie ? Et pourquoi cet extrait tout aussi condamnable de *Samson Agonistes* du même Milton ?

C'est pourquoi le décret universel de Dieu
a fait l'homme maître absolu
de sa compagne, qui le doit craindre et respecter
sans qu'il puisse un moment renoncer à ce droit,
qu'elle sourie ou qu'elle gronde ;
ainsi aura-t-il chance de sauver de la ruine
sa vie entière, puisqu'il échappera
à la tyrannie féminine et à la servitude[2].

Douglas Wilson, qui a donné l'édition la plus récente et la plus érudite du recueil de citations, a une réponse à ces questions. Jefferson recopia ces passages et d'autres tout aussi embarrassants — descriptions courroucées de rébellion, récits morbides de décès — pendant une période de trouble émotionnel. Il recueillit ses premiers extraits après la mort de son père, alors qu'il avait quatorze ans, et les suivants, adolescent, quand il trouvait difficile de se plier à l'autorité de sa mère sur la maisonnée. Les références hostiles aux femmes coïncidèrent avec son célibat prolongé et elles cessèrent lors de son union heureuse avec Martha Wayles Skelton en 1772. Sa collecte de citations prit fin à peu près à la même époque. S'étant engagé dans une carrière d'avocat et d'homme politique, il arrêta de lire des poèmes et referma le livre de ses émotions juvéniles quoiqu'il saisît l'occasion de l'ouvrir, de le consulter et de le citer à diverses reprises pendant le reste de sa vie.

Cette interprétation ne satisfait pas Kenneth Lockridge. Dans une fascinante monographie originale et iconoclaste publiée en 1992, il considère le livre de citations de Jefferson comme l'un des deux grands manifestes de la misogynie qui aient vu le jour en Virginie au XVIIIe siècle. Le second est le recueil de citations de William Byrd II, collection d'anecdotes sur des femmes voraces et des hommes impotents, parsemées d'éléments de la culture populaire à connotation sexuelle. Ainsi, par exemple :

> Popilia, à qui une personne de son sexe très curieuse demandait pourquoi les animaux ne veulent jamais admettre le mâle après avoir une première fois conçu, répondit avec tout l'esprit

d'une femme : parce que ce sont des animaux et qu'ils n'y peuvent mais.

Les femmes stériles sont habituellement plus lascives que les femmes fertiles à cause de la chaleur de leurs entrailles qui est souvent cause de stérilité & dans le même temps fauteur de libertinage.

Frotter le pénis avec de l'huile de lavande est d'une grande utilité pour produire l'érection; mais la boisson utilisée en Provence et appelée *sambajeu* [sabayon ?] est bien préférable pour cet usage; elle est composée de vin, de jaunes d'œufs, de safran, de sucre & de macis, qui peuvent être bouillis ensemble ou bus tels quels avec un succès glorieux.

Byrd est une cible facile. Tel que Lockridge le décrit, c'était un individu déplaisant, un patriarche impuissant qui laissait éclater ses échecs sexuels, sociaux et politiques dans des accès de rage contre les femmes. Mais qu'en était-il de Thomas Jefferson ? Il poussait, selon Lockridge, la « rage patriarcale » encore plus loin. Certes, Jefferson n'accompagna pas les citations de son carnet de commentaires personnels. Mais, en choisissant les remarques les plus parfaitement hostiles aux femmes dans la vaste littérature qui lui était accessible, il insuffla tant de peur et de mépris dans son tableau de la guerre entre les sexes que l'on peut y voir, pour Lockridge, l'expression d'une disposition pathologique de sa psyché et de sa culture à la « sexualisation ».

Pour étayer cet argument, Lockridge cite les relations censément difficiles de Jefferson avec sa mère qui prit en main le domaine patriarcal après la mort de son époux. Il affirme que Jefferson choisit une compagne particulièrement soumise en la personne de Martha Wayles Skelton et que, après le décès de celle-ci, il évita tout engagement émotionnel avec des femmes. Au lieu de se remarier, il transforma Monticello en « un pavillon de célibataire qui lui soit propre », supprimant tout espace pour une famille. Et, dans la mesure où il fit une place pour la vie de famille, elle prit la forme d'injonctions paternelles qui révélaient ses angoisses latentes. Ainsi son admonestation concernant la propreté adressée à sa fille Martha alors âgée de onze ans : « Certaines dames pensent qu'elles peuvent, sous le prétexte du déshabillé, être relâchées et négliger leur toilette le matin. Mais soyez, de votre lever jusqu'à votre coucher, aussi proprement et décemment vêtue qu'à l'heure du déjeuner ou du souper. »

En matière de preuves, tout cela reste vraiment de l'ordre des présomptions ; et nous avons déjà rencontré ce genre de chose dans la longue série des psychobiographies qui prétendent pénétrer l'âme des morts en lisant dans les détails domestiques comme s'il s'agissait de marc de café. La plupart des chercheurs préféreront probablement des faits plus durs, comme les analyses d'ADN qui lient Jefferson à Sally Hemings, esclave noire qui vécut à Monticello jusqu'à la mort de Jefferson et qui ne figure pas dans l'argumentation de Lockridge alors qu'elle pourrait y trouver sa place. Mais la lecture que fait Lockridge du recueil de citations de Jefferson défie la sagesse conventionnelle de manière fascinante. Il le traite comme un test de Rorschach et invoque Foucault plutôt que Freud. Les fragments et les pièces de littérature que Jefferson assembla sont donc censés opérer comme un champ épistémologique : les relations entre eux et les espaces qui les séparent suggèrent un processus inconscient d'ordonnancement. L'exécration de la sexualité féminine se transforme en peur de l'impuissance masculine, angoisse au sujet du patriarcat, horreur du désordre et obsession de la mort.

Afin de rendre justice à cet argument, il faut lire toutes les entrées du recueil de citations en gardant un œil sur les affinités sous-jacentes qui les cimentent en un tout. Lockridge discerne bien un schéma, même s'il ne parvient pas à concilier les exceptions comme ce passage de la « Venise préservée » (*Venice Preserved*) de Thomas Otway :

Se peut-il qu'il y ait une telle foi glorieuse en les femmes ?
Assurément toutes les méchantes fables sur ton sexe sont fausses !
Ô femme ! femme ravissante ! La nature t'a créée
Pour tempérer l'homme ; nous aurions été des bêtes sans vous ;
On peint les anges beaux pour qu'ils vous ressemblent ;
Il y a en vous tout ce que nous croyons des Cieux,
L'éclat étonnant, la pureté & la vérité,
La joie éternelle & l'amour infini.

Que l'on accepte ou non les conclusions de Lockridge, il a montré que le monde perdu de Thomas Jefferson n'était pas cet ordre heureux et rationnel qu'avaient imaginé ses biographes précédents. Et, chose plus importante encore, il a démontré la possibilité d'étudier les recueils de citations en tant que cosmologies.

Pour une étude encore plus approfondie et un ensemble plus riche de collecte de citations, nous pouvons nous tourner vers l'ouvrage de Kevin Sharpe sur William Drake, lecteur vorace et acteur de second rôle dans les conflits qui ébranlèrent l'Angleterre de 1640 à 1660. Rien ne distingue Drake des autres hobereaux de son temps, sinon son amour des livres. Il avait suivi un enseignement conventionnel à Oxford, étudié un temps le droit à Londres, géré un domaine dans le Buckinghamshire et s'était fait élire au Parlement en 1640.

Comme beaucoup de parlementaires, Drake évita de prendre parti quand l'Angleterre sombra dans la guerre civile. En 1641, il publia un discours qui défendait à la fois des parlements fréquents et un pouvoir exécutif fort. En 1642, il versa 200 livres pour l'entretien de chevaux dans les forces armées du Parlement et de la Couronne. En 1643, alors que les batailles faisaient rage, il partit pour le continent et y demeura, sauf pour de brefs retours en Angleterre, jusqu'à la Restauration. Il occupa un siège au Parlement comme partisan de Charles II en 1660 et le conserva jusqu'à sa mort en 1669. C'était un survivant plus qu'un homme d'action, un observateur de la politique à bonne distance, un parlementaire de base qui demeura à l'arrière-plan.

Bien que Drake n'ait pas participé aux grands événements de la moitié du siècle, il les suivit de près dans la presse et assembla les informations qu'il tirait des pamphlets et des placards avec des extraits de ses vastes lectures en histoire et en philosophie. Tout cela nourrit des carnets de citations, quinze de 1627 environ à la moitié des années 1640 et vingt-deux de cette date jusqu'à la fin des années 1650. Dix-sept autres volumes rassemblent des notes diverses et des lettres. On peut les compléter avec un journal politique en un volume, qui contient des entrées pour la période 1631-1642, et les livres de la bibliothèque de Drake qui comportent de longues annotations. Prises ensemble, ces sources constituent le trésor le plus riche de matériaux sur un lecteur et ses lectures qui existe au monde.

Malheureusement, Drake ne commenta guère les événements, sans doute parce qu'il ne voulait pas se compromettre. Son journal intime est décevant pour quiconque veut suivre les réactions d'un parlementaire de base face à une révolution et les entrées dans ses recueils de citations ne peuvent être datées avec précision. Elles montrent cependant comment il concevait la lecture et l'utilisait. En voici quelques exemples :

> La viande que nous avons prise, tant qu'elle baigne entière dans l'estomac, est un fardeau, mais quand elle change d'état, alors enfin elle devient force et nourriture. Faisons de même lorsque nous lisons des livres. Ne souffrons pas que ces choses que nous avons rassemblées de divers auteurs demeurent entières car alors elles ne seront pas nôtres, mais efforçons-nous de les digérer et de les concocter — sinon elles empliront notre mémoire et laisseront l'entendement creux et vide.

> Assurez-vous de ne pas trop étudier les livres de savoir car ils détournent des affaires, occupent trop la mémoire et nous éloignent de choses plus utiles.

> Pour gagner en sagesse, il n'est rien de plus efficace que la lecture fréquente d'apopthegmes, de proverbes, de fables édifiantes, de discours très sages, [...] d'emblèmes, de stratagèmes, de jugements et de déclarations faites en diverses occasions dans l'histoire.

Drake comprenait la lecture comme une digestion, un processus pour extraire l'essence des livres et les incorporer en soi. Il préférait des morceaux de texte de la taille d'une bouchée et qui pouvaient être utiles dans leur application à la vie quotidienne. Car la lecture ne devait pas viser l'érudition ; elle devait aider l'homme à aller de l'avant dans la vie et ses morceaux les plus profitables prenaient la forme de proverbes, de fables et même de devises écrites dans des livres d'emblèmes.

Ce type de lecture appartenait à un univers mental très éloigné du nôtre, même si nous pouvons nous aussi lire pour des raisons utilitaires. L'étrangeté de la mentalité de Drake ressort dans les exemples de sagesse proverbiale qu'il a copiés dans ses carnets :

> Choisissez un cheval dressé et une épouse à dresser.

> Un homme ne devrait jamais faire l'éloge de son épouse, de son vin ou de son cheval, car cela incite à l'emprunt.

> La dissimulation n'est pas moins bénéfique [...] que les préservatifs en médecine.

> Dès qu'un homme se lie d'amitié, sa cause est perdue.

Bien sûr, les proverbes peuvent s'interpréter de mille façons différentes et il n'y a pas de moyen efficace de faire entrer les centaines de citations recueillies par Drake dans une interprétation unificatrice. Mais une étude de quelques matériaux semblables réalisée par Lisa Jardine et Anthony Grafton peut nous aider ici[3]. Ils ont publié une analyse d'une originalité éblouissante des notes marginales de Gabriel Harvey, juriste et secrétaire du comte de Leicester dans l'Angleterre élisabéthaine. Harvey lut et relut une édition de 1555 de l'*Histoire de Rome* de Tite-Live pendant vingt-deux ans, et laissa derrière lui une traînée d'annotations que l'on peut souvent associer à des événements contemporains. En fait, il emplit les marges avec tant d'allusions et de renvois qu'elles devinrent une sorte de palimpseste ou un recueil de citations dans un livre même. Grafton et Jardine ont montré que Harvey ne lut jamais son Tite-Live d'une traite ou pour lui-même. Il sélectionna plutôt des passages appropriés aux exigences du moment et les assembla, avec des extraits d'autres auteurs classiques, pour les employer comme munitions dans des affrontements rhétoriques ou des conseils à des protecteurs éventuels. Le combat réel se déroulait au-dessus de sa tête, dans des missions diplomatiques ou dans les jeux de pouvoir à la Cour. Harvey était simplement un pourvoyeur de munitions, espérant que ses mécènes toucheraient leur cible et le récompenseraient par une promotion. La culture classique était une partie intégrante de la mêlée politique à l'époque des Tudors et des Stuarts, et Harvey y lisait son chemin non pour parfaire ses connaissances, mais pour réussir dans la vie.

Lorsque Kevin Sharpe entreprit de trouver la logique sous-jacente aux recueils de Drake, il repéra la même culture classique et politique que Grafton et Jardine avaient découverte entre les lignes et dans les marges du Tite-Live de Harvey. Drake et Harvey puisent aux mêmes sources et les déforment dans le même sens : vers l'action plutôt que vers la contemplation, pour une réussite profane plutôt que pour une sagesse détachée de ce monde. Cet *ethos* apparaît dans les gloses et les renvois. Comme Harvey, Drake cite constamment Tite-Live. Il cite également Machiavel et les citations que celui-ci avait faites de Tite-Live. Puis il réorganise ces citations, ajoute d'autres auteurs et insère des allusions à l'histoire récente ainsi qu'à l'histoire ancienne. Du latin à l'italien et à l'anglais, de la Rome antique à la Florence de la Renaissance et à l'Angleterre des Stuarts, tout se réfracte dans tout ; et cependant cela tient ensemble comme une vision du monde grâce à un principe organisateur, un machiavélisme improvisé et amateur.

Drake cite Machiavel plus souvent que tout autre auteur, mais il ne réagit pas aux aspects patriotiques et républicains de ses écrits. Il les parcourt en quête d'adages qui pourraient lui servir dans ses efforts pour améliorer son propre sort, alors que la monarchie des Stuarts se désintègre autour de lui. La qualité la plus frappante de ce processus de sélection est son sécularisme. Là où ses compatriotes s'entre-tuent à cause de désaccords sur le livre de prières commun, sur la légitimité des évêques et la signification des sacrements, Drake ne voit que des luttes de pouvoir. Jamais il ne témoigne de la moindre sympathie pour l'idée conventionnelle que l'Angleterre est et doit être une communauté chrétienne. Il s'inquiète des abus de la prérogative royale dans les années 1630 et de la nécessité de la renforcer après 1642, mais il ne fait aucune allusion à la dimension spirituelle de l'autorité royale. Il interprète même la Bible comme un recueil de fables édifiantes sur la sorte de bœuf qu'il est permis de saigner et établit des croisements entre des passages des Évangiles et des extraits de Machiavel et de Guichardin plus séculiers l'un que l'autre.

Lorsque Drake tombe sur des thèmes comme l'amour et l'amitié, il les commente dans un esprit tout aussi cynique :

> L'amour fait souvent beaucoup de mal dans la vie humaine.

> Ne sois jamais trop intimement familier avec quiconque et, si tu en as peut-être moins de joie, tu seras certain d'en avoir moins de chagrin.

Il surpasse Jefferson dans son opinion négative sur les femmes :

> La femme est une créature imparfaite, [...] une créature ingouvernable, infidèle, changeante, cruelle et esclave de mille passions.

> Notre lit nuptial s'avère souvent brutalement être notre lit de mort.

Que Drake se fût réellement attendu ou non à voir Thanatos engloutir Éros, jamais il ne se maria. Il attendit avec impatience le décès de son père, jour où il espérait hériter du domaine familial ; et il semble qu'il se soit mal entendu avec sa parentèle. En société, il faisait de son mieux pour cacher ses sentiments et éviter les amitiés intimes. Il ne voyait guère que ruse et tromperie dans le monde autour de lui : chaque homme recherche son propre intérêt quelle que soit la force avec laquelle il proclame ses allégeances à des causes. La vie était une guerre contre tous les autres, la politique le règne du fort, l'histoire un mouvement cyclique vers et hors du chaos :

> Il règne une guerre intestine entre l'homme et la femme.
>
> Le fort donne la loi qu'il lui plaît au faible.
>
> Toutes les choses se dissolvent et retournent à l'anarchie et au chaos.

Le cynisme est si profond chez Drake qu'il semble avoir combiné Machiavel et Hobbes.

C'est là l'interprétation de Kevin Sharpe. Il la développe avec une énergie inlassable sur des centaines de pages de citations sibyllines, à travers des sources manuscrites très éparses qui vont des anecdotes historiques aux proverbes et aux livres d'emblèmes, et recommence en un cycle herméneutique vertigineux. C'est un tour de force, mais est-ce la vérité ?

Ainsi que Sharpe voit les choses, « Drake surpasse en machiavélisme le diable lui-même » et se transforme en hobbesien avant même de lire Hobbes. Mais cela pose un problème, car Drake ne fait qu'assembler des citations alors que Machiavel et Hobbes rédigèrent des traités systématiques. Hobbes fonda sa théorie politique sur une philosophie matérialiste soigneusement construite. Et Machiavel ne traita pas simplement la politique comme un jeu de pouvoir : il voyait les principes qui étaient à l'œuvre dans ces luttes et surtout la *virtù* — c'est-à-dire cette vertu patriotique semblable à l'esprit civique qui, espérait-il, sauverait la République florentine. Par contraste, le recueil de proverbes cyniques et d'aphorismes séculiers de Drake semble n'illustrer qu'une attitude désenchantée à l'égard de la politique en tant que luttes de pouvoir.

Néanmoins Sharpe affirme avec insistance que Drake « a conçu un système intellectuel », une « théorie totalement machiavélienne » construite de solides matériaux hobbesiens, qui refonde la politique en un élément d'une « nouvelle culture intellectuelle et politique ». Drake forgea un nouveau sentiment de soi, en fait une vision du monde originale, qui transforma le paysage mental de l'Angleterre au début de l'ère moderne, même s'il n'exposa jamais d'idées qui lui fussent propres. Comment réussit-il cela ? En lisant. Selon Sharpe, le voyage de Drake dans les livres peut se comparer à la traversée du XVIIe siècle par l'Angleterre.

Si extravagant qu'il soit, cet argument mérite d'être pris au sérieux. Drake lisait d'un œil critique, extrayant des passages et les assemblant selon des schémas qui exprimaient une vision profondément personnelle du monde. Il lisait sans se soucier d'aucune autorité supérieure, que ce fût l'Église ou l'État, et ce faisant il exerçait son propre jugement comme individu autonome. Ses recueils de citations portent la marque de cette conscience. En un siècle de ferveur politique et religieuse, ils exprimaient des attitudes qui se feraient jour cent ans plus tard, à l'âge des Lumières : individualisme, scepticisme, sécularisme, utilitarisme, rationalisme et idées religieuses proches du déisme.

S'étant immergé dans la lecture de Drake, Sharpe peut proposer de nombreux exemples pour rattacher cette série de termes en « isme » à un modèle de culture implicite dans les recueils. Mais il discute la notion même de preuves. Pour lui, elle a un relent de positivisme, mode d'argumentation historique qui, affirme-t-il, a conduit l'étude de l'histoire britannique dans une impasse.

Afin d'étayer cette accusation, Sharpe commence son livre par un discours de la méthode et un survol de l'historiographie. Il passe en revue les grands débats qui ont divisé les historiens de la Grande-Bretagne du XVIIe siècle au cours des cinquante dernières années et souligne l'opposition entre une « vieille garde » d'historiens des sociétés, comme Lawrence Stone et Christopher Hill, et les « révisionnistes », comme Conrad Russell et lui-même. De son point de vue, les révisionnistes ont démoli la théorie de la vieille garde selon laquelle la guerre civile anglaise avait été en fait une révolution déclenchée par un conflit social et un fossé idéologique et ils ont démontré le contraire : l'effondrement de la monarchie avait été une conséquence non voulue des querelles intestines au sein d'une élite politique qui partageait un consensus fondamental sur la politique et la religion. Cependant, ayant mis en déroute leurs aînés et investi le terrain principal dans les batailles historiographiques, les révisionnistes se sont trouvés confrontés au problème de savoir quoi faire ensuite. Un récit infiniment détaillé des événements politiques ne mènerait à rien. Mais, en suivant l'exemple de Sharpe, ils peuvent trouver la seule porte de sortie du « postrévisionnisme », à savoir le postmodernisme ou un grand bond dans la théorie.

Par théorie, Sharpe entend un mélange des travaux de Michel Foucault, Jacques Derrida,

Jacques Lacan, Ferdinand de Saussure, Mikhaïl Bakhtine, Pierre Bourdieu, Roland Barthes, Hayden White, Clifford Geertz, Quentin Skinner, John Pocock, Hans Robert Jauss, Wolfgang Iser, Stanley Fish, Stephen Greenblatt et les autres suspects habituels. Ils forment une « galerie d'inconnus » pour les historiens spécialistes du début de l'ère moderne, affirme-t-il assez curieusement, étant donné la multitude des références les concernant dans les revues universitaires des trente dernières années. Plus étrange encore est son idée que la « théorie » est un tout cohérent, quelque chose qui peut être utilisé pour secourir les historiens échoués sur les hauts-fonds du positivisme :

> Mon projet est de suggérer que pour les chercheurs de la Renaissance, pour les historiens du début de l'ère moderne, les problèmes et les questions posés et certaines des méthodes défendues par la théorie peuvent nous aider à réimaginer une culture de la Renaissance qui ne partagerait pas le positivisme ou l'« idéologie organiciste du modernisme »...

Il semble douteux qu'en invoquant « preuves » et « faits » la vieille génération ait souscrit à une forme irréfléchie de positivisme. Et il semble peu probable que leurs successeurs puissent échapper à de futurs naufrages en recourant à des prolégomènes autoréflexifs sur la méthode et la théorie. La version triomphaliste de Sharpe des débats historiques et ses prétentions à l'originalité rebuteront de nombreux lecteurs, mais cela serait regrettable car il a exploré une grande masse de matériaux non familiers et est parvenu à quelques conclusions provocatrices.

Il a raison, je crois, de traiter les recueils de citations comme des sites d'informations à exploiter sur la façon de penser des gens dans une culture fondée sur des hypothèses différentes des nôtres. En sélectionnant et en arrangeant des fragments tirés d'un fonds infini de textes, les Anglais du début de l'ère moderne donnèrent libre cours à un processus semi-conscient d'organisation de l'expérience. Les affinités électives qui liaient leurs sélections en schémas révèlent une épistémologie à l'œuvre sous la surface. Ce genre de phénomène n'apparaît pas dans la recherche conventionnelle et ne peut être compris sans recours à la théorie. Foucault offre probablement l'approche théorique la plus fructueuse. Son « archéologie du savoir » suggère un moyen d'étudier les textes en tant que sites qui portent les marques d'une activité épistémologique et elle a l'avantage de rendre justice à la dimension sociale de la pensée.

Cette dimension peut au moins être présumée grâce à d'autres études de recueils de citations et d'annotations marginales. Sharpe examine tous ces documents et en tire suffisamment de matériaux pour indiquer quelques similarités sous-jacentes dans les pratiques de lecture des Anglais au début de l'époque moderne. Ils avaient toutes sortes d'opinions et lisaient toutes sortes de livres ; mais ils lisaient de la même manière — de façon segmentaire, en se concentrant sur des petits bouts de texte et en sautant d'un livre à l'autre, plutôt que de façon séquentielle ainsi que le feraient les lecteurs un siècle plus tard lorsque l'essor du roman encouragea l'habitude de découvrir les livres de la première à la dernière page. La lecture segmentaire contraignait ses praticiens à lire de façon active et à imposer leur propre grille sur ce qu'ils lisaient. Elle était également adaptée à l'idée de « lire pour agir », mode d'appréhension approprié à des hommes comme Drake, Harvey, John Dee, John Rous, sir Robert Cotton, Edward Hyde et d'autres contemporains qui consultaient les livres pour y trouver leurs repères en des temps tumultueux, et non dans le but de rechercher le savoir pour lui-même ou de se divertir.

En maîtrisant autant de matériaux et en les synthétisant avec cette justesse, Sharpe a apporté une contribution importante à l'histoire de la lecture. Mais il veut faire plus et démontrer que l'histoire de la lecture est la clef de l'histoire en général, ou au moins la clef du XVIIe siècle. Pour Drake et ses contemporains, soutient-il, le tri mental qui s'inscrivait dans les recueils de citations s'avérait essentiel pour se faire un chemin dans la politique à couteaux tirés des cours princières de la Renaissance. Il en découlait une mentalité machiavélienne, non que chaque membre de l'élite instruite eût adopté la même philosophie, mais chacun tendait à lire le monde de façon aussi désabusée.

Ils transformaient également leur lecture en écriture parce que la collecte de citations faisait d'eux des auteurs. Elle les contraignait à écrire leurs propres livres ; et, par là même, ils développaient un sens plus aigu d'eux-mêmes en tant qu'individus autonomes. Le moi auteur prenait forme dans le recueil de citations de l'homme ordinaire et pas simplement dans les œuvres des grands écrivains. Il appartenait à la tendance générale que Stephen Greenblatt a dénommée « *Renaissance self-fashioning* », ou construction du moi à la Renaissance.

Bien que cette idée ait été presque usée jusqu'à la corde par les spécialistes de la Renaissance, Sharpe tente de lui insuffler une nouvelle vie en l'appliquant à la politique. En entreprenant d'« écrire lui-même », soutient-il, Drake « écrivit également un scénario pour la société et l'État ». Tous ceux qui rédigeaient des annotations en marge et compilaient des références « écrivaient une nouvelle culture politique ». À ce point de son argument, les métaphores doivent supporter une forte tension. Sharpe affirme que les Anglais « purent [...] se constituer en agents politiques » en lisant, qu'ils aient ou non lu des écrits sur les affaires d'État, car la politique était « un genre de prise de conscience » et la psyché « un texte politique ». « La guerre civile elle-même devint un texte contesté. » Ainsi la lecture était tout : « Nous sommes ce que nous lisons. »

C'est là peut-être un meilleur slogan que celui des Verts allemands : « Nous sommes ce que nous mangeons » (*Man ist, was man isst*). Mais, une fois encore, est-ce vrai ? Malgré sa montagne de carnets et de volumes annotés, Drake ne fournit pas les matériaux idéals pour une étude de cas. Il n'est pas parvenu à donner une lecture approfondie de la politique anglaise entre 1643 et 1660 parce qu'il a passé presque tout ce temps ailleurs. Jamais il ne parle des batailles de la guerre civile, des débats de Putney en 1647, de la purge du Parlement par Thomas Pride, du procès et de l'exécution de Charles Ier, de l'accession au pouvoir de Cromwell, du Commonwealth, du Protectorat ni d'aucun fait important pendant ces années cruciales. Au lieu d'étudier pour agir, il a fui l'action et s'est enfermé dans son cabinet de travail. Ses notes sur la Rome antique et la Florence de la Renaissance peuvent suggérer un intérêt pour les événements spectaculaires qui se déroulaient de l'autre côté de la Manche, mais étaient-elles vraiment de son cru ? Seuls quinze des trente-sept recueils de citations sont écrits de sa main. Il se peut qu'il ait dicté les autres à un secrétaire, mais la nature de son statut d'auteur, s'il existe, demeure matière à conjectures. L'interprétation des entrées rédigées de sa main doit aussi faire l'objet de bien des hypothèses car aucune d'elles n'est datée. Contrairement aux notes de Harvey, elles consistent en extraits infinis qui ne peuvent être associés à rien de ce qui se passait dans le monde politique.

Pour tenter de répondre à cette objection, Sharpe rassemble quelques preuves du genre de celles qu'il avait écartées au début de son discours de la méthode. Mais, finalement, il retombe sur des références à la théorie littéraire comme si elles pouvaient résoudre le problème quand la piste du papier s'interrompt dans les archives. L'usage que Sharpe fait de la théorie serait plus convaincant s'il ne l'assenait pas comme un prédicateur. Il harangue le lecteur, déclame Derrida et brandit Foucault. À ceux qui sont passés par là, cela ressemblera étrangement à un catéchisme douteux.

Si tel est le cas, c'est encore plus malheureux car, au cœur de son livre, Sharpe démontre l'existence d'un style machiavélien de lecture qui colorait la culture politique de l'Angleterre au début de l'ère moderne. Il ne prouve pas que c'était une philosophie, mais il montre que c'était un moyen d'interpréter le monde. Ce machiavélisme dur, futé et intuitif, renforcé par endroits d'une *Realpolitik* hobbesienne vulgaire, se répandit des cours de l'Italie du XVe siècle aux monarchies en voie de centralisation de France et de Grande-Bretagne aux XVIe et XVIIe siècles. À l'époque de Drake, les Anglais avaient appris à se débrouiller dans les livres tout comme ils manœuvraient à travers les systèmes de pouvoir. Leurs lectures complétaient leur politique même si ce n'était pas la même chose.

Ce point mérite réflexion parce que l'histoire de la lecture est devenue un des champs de recherche les plus importants dans le domaine des lettres ; cependant, elle consiste pour l'essentiel en études de cas qui n'entrent pas dans un schéma général. Au lieu de partager une vision commune à long terme, les historiens de la lecture ont tendance à traiter leur sujet comme une cible rendue mouvante par l'interaction entre éléments opposés binaires : lire en tournant les pages d'un codex ou en déployant un rouleau ; lire des textes imprimés ou des manuscrits ; lire en silence ou à haute voix ; lire seul ou en groupe ; lire de manière extensive, en parcourant rapidement divers types de documents, ou de manière intensive en se plongeant dans quelques livres à plusieurs reprises. À présent que la recherche s'intéresse aux recueils de citations, nous pouvons ajouter à cette liste l'opposition de la lecture segmentaire et de la lecture séquentielle.

Chose plus importante, nous pourrions accorder davantage d'attention à la lecture comme élément de ce que l'on appelait l'histoire des mentalités — c'est-à-dire des visions du monde et des modes de pensée. Tous ceux qui ont tenu des recueils de citations, de Drake à Madan, lurent leur chemin dans la vie en collectant des fragments d'expérience et en les insérant dans des schémas. Les affinités sous-jacentes qui assuraient la cohésion de ces schémas représentaient une tentative pour prendre la vie en main, pour lui donner un sens, non pas en élaborant des théories, mais en imposant une forme à la matière. Rassembler des citations était confectionner un patchwork : cela produisait des images, certaines plus belles que d'autres, mais chacune intéressante à sa façon. Elles révèlent des modes de culture : les morceaux qui entrèrent dans la composition, les coutures qui les unirent, les déchirures qui les détachèrent et l'étoffe commune dont ils étaient faits.

Chapitre II

QUE NOUS APPREND SUR DEMAIN L'HISTOIRE DU LIVRE ?

Où l'on découvre pourquoi une réflexion sur l'avenir du numérique passe par la connaissance des circuits du livre dans le passé.

Les débats entre historiens sur la lecture et ses mystères ne sont qu'une facette des grandes questions qui animent un champ particulier de la recherche, transversal à l'histoire économique, culturelle, sociale et à celle des techniques : l'histoire du livre[1]. Loin de traiter du seul passé, cette histoire abonde en éléments susceptibles de nourrir une réflexion sur l'avenir du livre et sa configuration.

Comme tout secteur de la recherche aujourd'hui, il existe visiblement une tendance à la fragmentation et à la spécialisation. Une manière d'y échapper pourrait être d'inciter les historiens à examiner trois grandes questions :

— Comment les livres voient-ils le jour ?

— Comment arrivent-ils jusqu'aux lecteurs ?

— Et que font les lecteurs des livres ?

Mais, pour répondre à ces questions, il nous faut une stratégie conceptuelle qui permette de rassembler les connaissances spécialisées et d'envisager le champ comme un tout.

Lorsque je réfléchis à ma propre tentative pour esquisser une telle stratégie, je me rends compte que c'était là une réaction au sentiment d'une intrication des problèmes qui m'avait frappé bien plus tôt, lorsque, pour la première fois, j'avais entrepris de travailler dans les archives d'un éditeur.

Je me suis plongé la toute première fois dans les papiers de la Société typographique de Neuchâtel (STN) en 1965 et, immédiatement, je me suis trouvé à étudier l'histoire du livre sans même le savoir. Le terme n'existait pas à l'époque, quoique l'ouvrage fondateur de Henri-Jean Martin et Lucien Febvre, *L'Apparition du livre*, ait été disponible depuis 1958. J'étais venu à Neuchâtel en quête d'autre chose, d'informations sur Jacques Pierre Brissot, un des chefs des « Brissotins » ou des Girondins pendant la Révolution française, qui publia la plupart de ses œuvres avant 1789 avec la STN. Mais, quand j'ai commencé à suivre la piste de Brissot dans les archives de son éditeur, j'ai découvert un sujet qui paraissait plus important que sa biographie — à savoir le livre lui-même et tous les hommes et toutes les femmes qui le produisaient et le diffusaient sous l'Ancien Régime.

Je n'ai pas été déçu par les cent soixante lettres que Brissot avait échangées avec la STN, au contraire ; elles m'apportaient l'image la plus haute en couleur et la plus détaillée des relations existant entre un auteur et son éditeur au XVIIIe siècle que j'avais jamais trouvée, et je les ai finalement toutes publiées sur Internet. Mais le dossier de Brissot paraissait mince comparé aux autres cinquante mille lettres présentes dans les archives de la STN — des lettres d'auteurs, de libraires, de papetiers, de transporteurs, de contrebandiers, de convoyeurs, de typographes et de pressiers ; des missives griffonnées par des personnes si illettrées qu'il fallait les faire résonner et les lire à haute voix pour les comprendre ; une correspondance enfin qui révélait toute une comédie humaine derrière les livres.

En 1965, le genre le plus passionnant d'historiographie était connu sous le nom d'histoire d'« en bas » (ou d'histoire sociale). C'était une tentative pour appréhender l'expérience des gens ordinaires, en particulier ceux appartenant aux couches les plus basses de la société, et d'envisager le passé sous leur angle. Ils n'étaient jamais entrés dans les livres d'histoire, sauf en tant que masses « sans visage » requises pour provoquer des révolutions ou mourir de famine à des moments appropriés du récit. Étudiant de troisième cycle à Oxford, j'avais été sensible à ce type d'histoire, mais je n'avais jamais essayé d'en écrire. Les archives de Neuchâtel offraient la possibilité de faire pour les gens obscurs du monde des livres au XVIIIe siècle ce que E. P. Thompson, Richard Cobb, Georges Lefebvre et George Rudé avaient fait pour les ouvriers, les paysans ou les sans-culottes. L'histoire intellectuelle elle-même, pensais-je, pouvait être étudiée d'en bas. Les plumitifs et les écrivaillons méritaient autant de considération que les philosophes célèbres. Je trouve toujours cette mise en perspective valable, bien que je croie aussi que le passé doit s'étudier d'en haut, à partir des marges et sous tous les angles possibles. De cette façon, il serait peut-être possible de créer ce que les historiens des *Annales* nomment une « histoire totale ». Mais je n'avais pas beaucoup assimilé d'histoire dite « des *Annales* » en 1965. Je l'ai découverte pour la première fois à la fin de cette décennie grâce à des contacts avec Pierre Goubert et François Furet. En 1972, je me suis lié d'amitié avec deux historiens du livre associés aux *Annales*, Daniel Roche et Roger Chartier, et n'ai cessé depuis de travailler avec eux. Mais tout cela se passa plus tard. En premier vint le livre. J'ai appris à le connaître par les archives de Neuchâtel quoique cela n'ait pas été ce que je cherchais et que cela se soit révélé très différent de tout ce à quoi je pouvais m'attendre.

Bien sûr, j'avais vu beaucoup de livres du XVIIIe siècle, mais je ne les avais jamais considérés sérieusement en tant qu'objets. J'étudiais les textes inscrits sur leurs pages sans m'interroger sur le matériau lui-même. Une fois plongé dans les archives de la STN, toutes sortes de questions se sont posées, en particulier à propos du papier. Je fus surpris de constater que ce sujet occupait une part importante de la correspondance des éditeurs, bien plus grande que les fontes des caractères et les presses d'imprimerie. (J'emploierai le terme éditeur plutôt que libraire ou libraire-imprimeur, malgré son caractère anachronique.) La raison en est devenue claire quand j'ai reconstitué les coûts de fabrication à partir des livres de comptes de la STN. Le papier représentait 50 % des frais pour produire un in-octavo ordinaire à un tirage classique de mille exemplaires — et 75 % des frais pour l'*Encyclopédie.*

Les lettres des papetiers elles-mêmes ouvraient une autre perspective. Elles sont emplies de considérations sur les conditions météorologiques : « Le temps tourne à la malice. » « Je maudis le temps. » Pourquoi ? Parce que, s'il pleuvait trop, l'eau se chargeait de boue et gâchait la « pâte » (eau mélangée aux chiffons broyés) qui entrait dans la composition du papier, et, s'il ne pleuvait pas assez, la roue à aubes ne tournait pas de façon satisfaisante. En outre, le mauvais temps fournissait une excuse pour ne pas livrer les ballots de papier à temps. Il apparaissait que les imprimeurs commandaient souvent des lots spéciaux de papier, qu'ils appelaient « campagnes », lorsqu'ils acceptaient des travaux importants. Ils établissaient leur calendrier de production — et parfois l'embauche et le licenciement d'ouvriers — selon les dates de livraison précisées dans les contrats passés avec les fournisseurs de papier. Ces contrats imposaient d'intenses négociations, non seulement sur les délais mais aussi sur le prix, la qualité et le poids des rames. Les conditions étaient différentes dans des grandes villes comme Lyon et Paris, où des stocks importants de papier étaient aisément disponibles grâce à des intermédiaires spécialisés, les marchands papetiers. Mais les imprimeurs suisses devaient s'approvisionner auprès de papetiers dispersés partout dans l'est de la France et l'ouest de la Suisse, une vaste zone où trois types de mesures de poids étaient employés ainsi que différentes espèces monétaires. L'argent sonnant et trébuchant était chroniquement rare, aussi arrivait-il aux imprimeurs de payer en barils de vin ou en autres marchandises. La valeur des lettres de change variait selon la confiance que l'on accordait à leurs signatures. Elles pouvaient être escomptées avec des rabais variables ou touchées à leur date d'échéance, généralement au cours de négociations lors des quatre foires annuelles de Lyon. Les imprimeurs essayaient d'écouler les lettres de change de faible valeur auprès des papetiers tandis que les papetiers ne mettaient pas leurs meilleurs chiffons dans la pâte destinée aux imprimeurs. Et, des deux côtés, la traque à la bonne affaire consistait à menacer de confier sa pratique à un fournisseur ou à un client plus accommodant.

Du papetier ayant deux cuves dans une vallée montagneuse du Jura au changeur d'argent dans la ville trépidante de Lyon, la topographie humaine était extraordinairement complexe et laissait beaucoup de place à la fraude. Les papetiers trichaient souvent en glissant des feuilles supplémentaires dans leurs rames. Pourquoi supplémentaires ? me suis-je demandé. Les protestations de la STN apportent la réponse : les papetiers fabriquaient des feuilles de moindre qualité en diluant la pâte ; aussi avaient-ils besoin de plus de cinq cents feuilles dans leurs rames pour atteindre le poids convenu. Les imprimeurs devaient donc peser les rames qu'ils recevaient, compter les feuilles et envoyer des lettres de réclamation et de demande de ristourne. Les papetiers répondaient sur un ton d'orgueil blessé et d'indignation — ou, lorsqu'ils se trouvaient coincés, par des excuses : le temps qu'il avait fait le plus souvent, mais aussi des circonstances particulières : « Mon coucheur était ivre. » La notion de papier comme marchandise sujette à d'infinies négociations — contrats pour des « campagnes » négociés avant la livraison et renégociés après — m'a pris complètement au dépourvu. À ma connaissance, cela n'a jamais été relevé par les bibliographes ou les historiens de l'imprimerie.

Cela concerne aussi la question de la réception par les lecteurs. Si vous lisez des réclames pour des livres dans les journaux du XVIIIe siècle, vous serez frappé par l'accent mis sur le matériau fondamental de la littérature : « Imprimé sur le meilleur papier d'Angoulême. » Cette accroche commerciale serait impensable aujourd'hui où les lecteurs prêtent rarement attention à la qualité du papier dans les livres. Au XVIIIe siècle, ils trouvaient souvent des taches formées par les gouttes tombées d'un cadre volant mal tenu ou des fragments de jupon qui n'avaient pas été convenablement broyés. Des remarques portant sur le papier reviennent si souvent dans les lettres des imprimeurs — et même de quelques lecteurs, quoique la STN n'ait que rarement reçu de nouvelles des clients privés — que je pense qu'il existait une forme particulière de perception consciente du papier en Europe au début de l'époque moderne. Cette perception a dû disparaître avec l'avènement au XIXe siècle du papier fabriqué mécaniquement à partir de pulpe de bois. Mais, dans les époques antérieures, les gens regardaient le substrat matériel du livre et pas simplement le message verbal. Les lecteurs discutaient des degrés de blancheur, de la texture et de la souplesse du papier. Ils usaient d'un riche vocabulaire esthétique pour en décrire les qualités, un peu comme on le fait aujourd'hui pour le vin.

Je pourrais continuer longtemps à parler ainsi du papier, mais le point que je veux souligner concerne quelque chose de différent : la complexité qui entrait dans les activités quotidiennes des éditeurs. Ils vivaient dans un monde que nous ne pouvons imaginer sans lire leurs archives et étudier leur commerce de l'intérieur. Leur correspondance les montre se débattant dans un dédale de problèmes portant sur de multiples aspects de leur métier. Ils ne pouvaient pas se concentrer uniquement sur une difficulté parce que chaque élément de leur activité concernait tous les autres et que les parties fonctionnaient simultanément pour assurer le succès de l'ensemble. Le tableau journalier ou hebdomadaire des entrées dans leurs livres de comptes — registres complexes à partir desquels j'ai pu refaire les calculs afin de suivre leur raisonnement — leur rappelait qu'ils devaient coordonner une grande diversité d'activités étroitement liées afin de réaliser des profits, une fois l'inventaire fait et les comptes équilibrés. Leur schéma de comportement correspondait au diagramme, quelque imparfait qu'il ait été, que j'avais proposé dans les années quatre-vingt [voir page 54].

Afin de bien me faire comprendre, j'aimerais mentionner d'autres aspects de l'édition qui m'ont étonné alors que j'étudiais les archives de la STN et que l'histoire du livre, pour autant que je le sache, n'a pas intégrés.

Contrebande. Vue à travers les lettres des contrebandiers, cette activité est apparue très différente des embrouilles éblouissantes que j'avais imaginées. La contrebande était une industrie majeure — dans de nombreux commerces, celui des textiles notamment, mais aussi celui du livre — et elle s'organisait de diverses façons. La forme la plus sophistiquée portait le nom d'« assurance ». Des « assureurs » autoproclamés négociaient avec les éditeurs et leur garantissaient de faire parvenir des livres interdits jusqu'à des entrepôts clandestins de l'autre côté de la frontière française, dans les montagnes du Jura, moyennant un pourcentage de leur prix de gros. Si un envoi était saisi par une brigade volante de douaniers (agents de la Ferme générale et non fonctionnaires de l'État), l'assureur remboursait à l'expéditeur le coût total. Il employait des équipes de paysans

Circuit de communications du livre (modèle de R. Darnton)

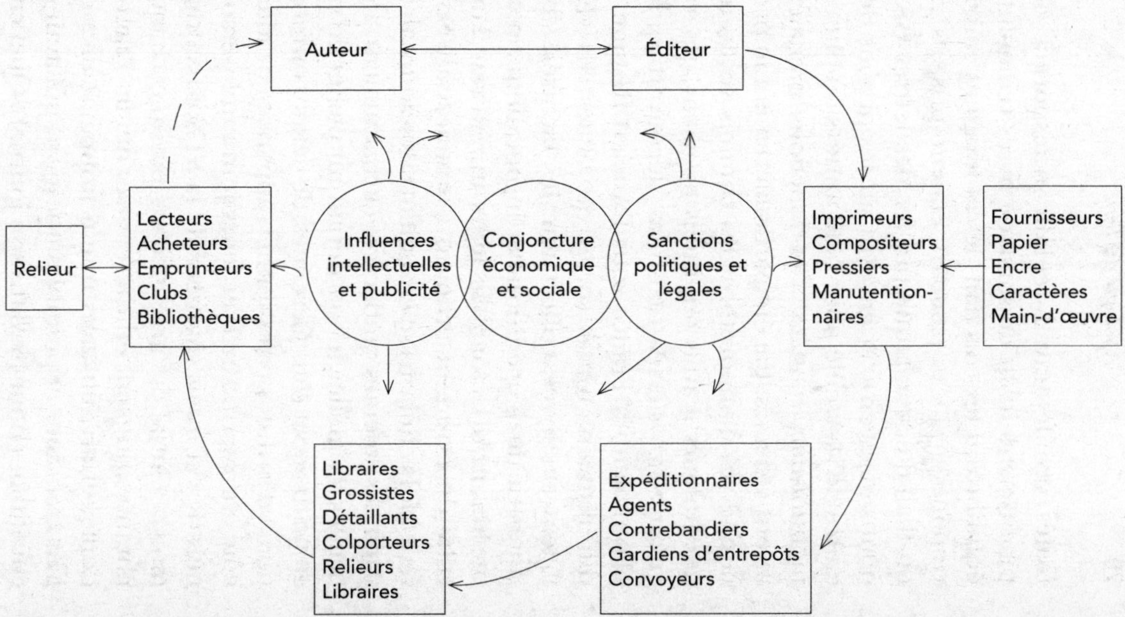

pour faire le travail réel, le transport à dos d'homme de colis de soixante livres (cinquante livres quand les cols dans les montagnes étaient enneigés). Si ces passeurs étaient pris, ils risquaient d'être marqués au fer des lettres GAL, pour « galérien », et envoyés sur les prisons flottantes de Marseille pour neuf années ou plus.

Distribution et ventes. Ces fonctions prenaient diverses formes. J'ai été particulièrement impressionné par l'importance des commis voyageurs des éditeurs. J'avais cru qu'ils n'étaient apparus qu'au XIXe siècle, mais j'ai découvert qu'ils sillonnaient la France sous l'Ancien Régime et remplissaient toutes sortes de tâches. Ils vendaient des livres, collectaient les factures, s'occupaient des expéditions et inspectaient toutes les librairies le long de leurs itinéraires. Tout éditeur important en avait à son service. Souvent leurs chemins se croisaient ; ils séjournaient dans les mêmes auberges et discutaient des ficelles du métier le soir devant un pichet de vin et un pigeon rôti. Certaines de leurs conversations d'ordre professionnel apparaissent dans leur correspondance et leurs journaux personnels. Un commis voyageur de la STN passa cinq mois à cheval à s'arrêter dans presque chaque librairie du sud et du centre de la France. Lorsqu'il arrivait dans une échoppe, il en prenait la mesure et posait les questions qui avaient été établies pour lui dans son journal : Quel crédit pouvait-on accorder au libraire ? (Demander aux commerçants du coin.) Quel était son caractère ? (La « solidité », qualité la plus recherchée, signifiait que l'on pouvait compter sur lui pour régler ses factures en temps et en heure.) Était-il père de famille ? (Les célibataires éveillaient des soupçons, mais un homme marié ne devait pas avoir trop d'enfants : ceux-ci risquaient de le pousser à s'endetter.) Quand le commis voyageur revenait à Neuchâtel, il avait acquis un savoir incomparable sur les conditions du commerce du livre. Ses rapports complétaient les lettres de recommandation des hommes d'affaires et des alliés dans la profession qui arrivaient chaque semaine sur le bureau de l'éditeur. Considérés ensemble, tous ces éléments lui fournissaient les informations cruciales pour adapter ses stratégies de vente à la réalité humaine complexe de son métier.

Agents littéraires. Ces gens n'existaient pas au sens moderne du terme, c'est-à-dire en tant que représentants des auteurs. Au XVIIIe siècle, les auteurs, quand ils touchaient quelque chose, recevaient en général un paiement en liquide pour leur manuscrit ou un certain nombre d'exemplaires imprimés. Droits d'auteur et de traduction n'existaient pas. Mais, chose très importante, les éditeurs en langue française qui vivaient en dehors de Paris avaient besoin d'un représentant pour veiller à leurs intérêts au cœur de l'industrie de l'édition. Les agents parisiens rédigeaient des rapports réguliers sur l'état du commerce du livre, les conditions politiques, la réputation des auteurs et les livres récents qui faisaient du bruit chez les gens du métier. Dans certains cas, ces rapports constituent un commentaire suivi de la vie littéraire et on peut les lire comme des sources pour une sociologie de la littérature.

Piratage. La France était cernée de maisons d'édition qui pirataient tout ce qui se vendait bien à l'intérieur de ses frontières. Bien que je ne puisse le démontrer, je crois que ce phénomène touchait plus de la moitié des livres en circulation en France avant la Révolution — ouvrages romanesques ou autres, à l'exception des manuels professionnels, des brochures religieuses et des livres de colportage. Mais le piratage différait beaucoup de ce qu'il est de nos jours. Le concept moderne de copyright est étranger aux conditions de l'édition au début de l'époque moderne, sauf en Grande-Bretagne après la loi sur le copyright de 1710. Partout ailleurs, les droits de copie étaient fixés par des privilèges qui ne s'étendaient pas au-delà de la juridiction du souverain qui les établissait. Les éditeurs hollandais et suisses passaient pour des pirates aux yeux des Français, mais pour de solides hommes d'affaires dans leur pays. Ils menaient des études de marché, calculaient les risques et les profits avec une compétence toute professionnelle, constituaient parfois des alliances, signaient des traités afin de battre les concurrents tout en partageant les coûts et les risques. J'ai trouvé plusieurs contrats chez les sociétés typographiques de Lausanne, Berne et Neuchâtel, négociés après d'intenses marchandages, qui engageaient chaque éditeur à imprimer un pourcentage des livres et à fournir un montant correspondant de l'investissement en capitaux. De telles associations nous contraignent à repenser l'économie au début de l'époque moderne et à reconsidérer la nature du piratage en tant que tel, car les livres ainsi piratés n'étaient que rarement fidèles aux originaux : imprimés sur du papier relativement bon marché, dépouillés de leurs illustrations, abrégés et adaptés sans aucun souci pour l'intégrité du texte, ils étaient destinés aux secteurs les plus vastes et les plus pauvres du lectorat.

Troc. Les alliances éditoriales prenaient également la forme d'accords d'échange de livres. Après avoir imprimé une édition à mille exemplaires, un éditeur en troquait souvent cent ou plus avec des maisons alliées en contrepartie d'un nombre équivalent de feuilles qu'il choisissait dans leur stock. De cette façon, il pouvait maximiser la diversité des offres en promotion dans son stock général (« livres d'assortiment ») tout en minimisant les risques inhérents à la diffusion de ses principaux produits (« livres de fonds »). Mais ces échanges impliquaient des calculs complexes qui concernaient la qualité du papier, la densité des caractères et les estimations de la demande. Le talent en matière de troc pouvait déterminer la réussite d'un éditeur.

Demande. À cause de la prévalence du troc, les éditeurs tendaient à se transformer en grossistes. Des groupes de maisons alliées détenaient de tels ouvrages de fonds et tout le monde se précipitait sur le marché avec des éditions piratées quand se répandait la rumeur d'un succès potentiel de vente. Contrairement aux « best-sellers » d'aujourd'hui — éditions gigantesques produites par une seule société —, les succès de librairie au XVIIIe siècle résultaient de l'addition de petits tirages par de nombreuses maisons d'édition. Arriver trop tard sur le marché ou mal calculer la demande pour un livre ordinaire pouvait occasionner de lourdes pertes. Les éditeurs prenaient donc des mesures complexes pour sonder le marché en recourant à leurs commis voyageurs, à leurs agents parisiens et surtout à leur correspondance commerciale. En tissant un réseau de clients fiables et sagaces chez les libraires, un éditeur se donnait les moyens de recevoir des conseils constants grâce à un flot de courrier qui arrivait tous les jours de grossistes et de détaillants éparpillés sur un vaste territoire, parfois l'Europe entière.

Suivre l'arrivée des lettres, jour après jour et ville par ville, c'est observer le flux et le reflux de la demande littéraire.

Politique. Mais la demande ne pouvait être satisfaite librement parce que toutes sortes d'obstacles politiques se dressaient en travers du chemin. Un éditeur installé de l'autre côté de la frontière française devait se tenir informé des changements intervenus à la Direction de la librairie et chez la police et les inspecteurs du commerce du livre dans les villes de province. Les conditions variaient énormément d'un lieu à un autre et d'année en année. Les règles du jeu évoluaient considérablement au niveau national pendant les périodes critiques, comme en 1777 avec les intrigues de couloir pour influer sur les nouveaux règlements de la librairie. Les clauses des édits de 1777 peuvent aisément être étudiées à partir de leurs textes imprimés. Mais ce n'est qu'en lisant la correspondance des libraires que l'on en mesure les effets. J'ai été étonné de découvrir que les édits ne transformèrent pas les conditions du commerce et qu'ils furent bien moins efficaces qu'un ordre inconnu donné par le ministre des Affaires étrangères aux responsables des douanes le 12 juin 1783. Cet ordre imposait à tous les envois de fournisseurs étrangers, quelle qu'ait été leur destination, de passer par Paris et d'être inspectés par les officiers de la Communauté des libraires et des imprimeurs de Paris assistés du coriace inspecteur parisien de la librairie. Un envoi de Genève à Lyon devait donc faire un détour ruineux par Paris. D'un trait de plume, cette mesure détruisit l'essentiel du commerce entre les libraires de province et les éditeurs étrangers. Les lettres des négociants de province prouvent qu'elle déclencha une crise qui dura jusqu'à la Révolution, mais cela n'avait jamais été relevé par les historiens du commerce du livre parce qu'ils avaient limité leurs recherches aux documents imprimés et aux sources administratives.

Je pourrais citer bien d'autres exemples de l'étonnement qui me frappa alors que je travaillais dans les archives de la STN — et ensuite quand je comparais ces découvertes avec les matériaux disponibles dans les sources principales à Paris : la collection Anisson-Duperron, les papiers de la Chambre syndicale de la Communauté des libraires et des imprimeurs de Paris et les archives de la Bastille. Ce qui m'a le plus impressionné, c'était le sort réservé à l'éditeur, comme s'il devait continuer à jongler avec plusieurs balles alors que le sol se dérobait sous ses pieds : il pouvait négocier les termes d'une nouvelle campagne de papier, recruter des ouvriers pour son atelier d'imprimerie, établir un contrat avec un assureur à la frontière française, envoyer des instructions à un commis voyageur au fin fond de la France, modifier sa vision du marché selon les informations de son agent à Paris, faire des projets pour pirater de nouveaux ouvrages prometteurs, organiser des trocs avec une demi-douzaine de maisons alliées, adapter sa liste conformément aux conseils reçus de dizaines de détaillants et modifier sa stratégie commerciale pour suivre les fluctuations de la politique, non seulement à Versailles mais aussi en d'autres endroits d'Europe — tout cela en même temps. Il devait également prendre en compte beaucoup d'autres facteurs, tels que la possibilité d'acheter des manuscrits originaux aux auteurs (entreprise hasardeuse, car ceux-ci vendaient parfois le même ouvrage sous des titres différents à deux ou trois éditeurs), la disponibilité en espèces aux foires quadriennales de Lyon, les dates d'échéance des lettres de change à recouvrer, les modifications des tarifs de péage sur le Rhin et le Rhône, et la date où la Baltique serait probablement prise par les glaces l'obligeant alors à expédier ses chargements à Saint-Pétersbourg et à Moscou par voie de terre. C'était sa capacité à maîtriser les interrelations de tous ces éléments qui faisait la différence entre réussite et échec. Aussi, quand j'ai tenté de représenter le système comme un tout, ai-je cherché à faire ressortir ses interconnexions, non pas simplement sous l'angle de l'éditeur, mais de façon à montrer comment cela affectait le comportement de chacun au sein du système. Mon diagramme ne rendait guère compte des complexités, mais il mettait en évidence la façon dont les éléments étaient liés ; et je pense qu'il illustrait en partie la nature de l'histoire du livre telle qu'elle était vécue par les hommes (et aussi par nombre de femmes — la veuve Desaint à Paris, Mme La Noue à Versailles, la veuve Charmet à Besançon) qui lui donnaient corps.

Ces impressions, notées à l'origine en 1965, déterminèrent le caractère du modèle que je conçus en 1982. De temps à autre depuis, je reçois une copie d'un autre modèle que quelqu'un a proposé pour remplacer le mien. La pile des diagrammes a atteint une hauteur impressionnante — et c'est aussi une bonne chose parce qu'il est utile aux chercheurs de construire des représentations schématiques de leur sujet. Plutôt que de passer tous ces diagrammes en revue, j'aimerais discuter un des meilleurs, un modèle proposé par Thomas R. Adams et Nicolas Barker dans « A New Model for the Study of the Book[2] » [voir schéma page 81].

Adams et Barker fondent leur analyse sur ce qu'ils nomment un « document bibliographique » plutôt que sur un livre. Cette approche fait une place aux imprimés éphémères, point important, car les ateliers d'imprimerie dépen-

Cycle de vie du livre (modèle de N. Barker)

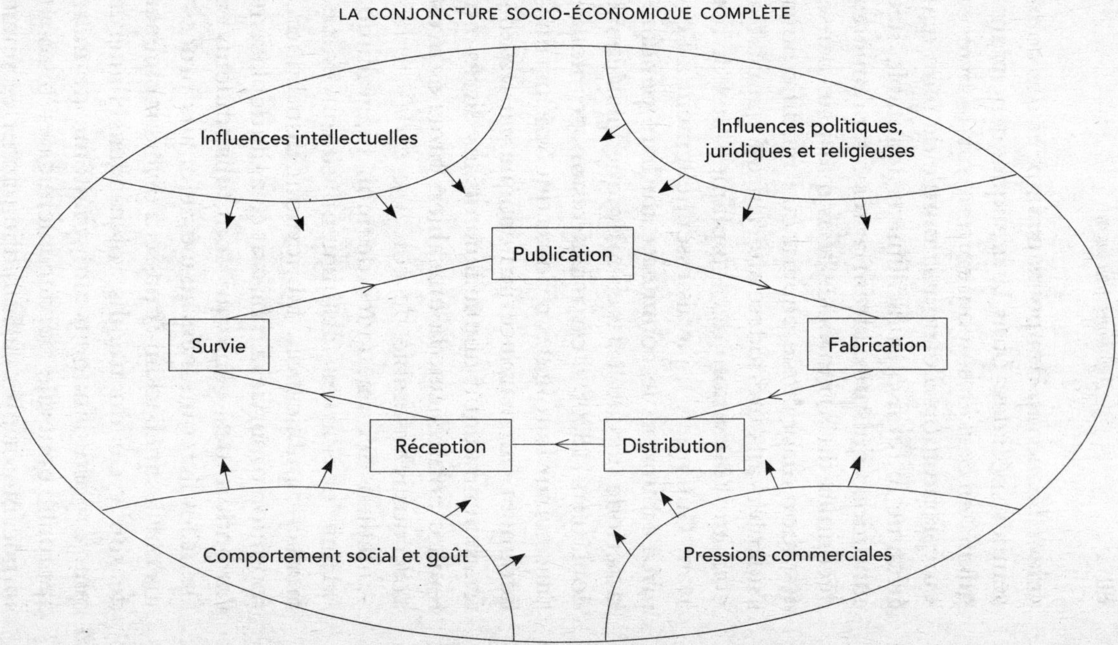

daient beaucoup des petits travaux et des commandes spéciales. Dans la pratique, cependant, Adams et Barker se concentrent sur le livre et leur proposition d'élargir la portée de mon diagramme le rend plus facilement adaptable aux conditions qui prévalurent après les premières décennies du XIXe siècle. Bien que j'aie pensé que mon diagramme pouvait être modifié pour s'adapter aux périodes ultérieures (jamais je n'ai eu l'intention de l'appliquer aux livres avant Gutenberg), j'avais essentiellement à l'esprit l'édition et le commerce du livre pendant la période de stabilité technologique qui s'étend de 1500 à 1800 ; d'où ma décision de mettre l'accent sur le rôle des relieurs qui était particulièrement important à une époque où les éditeurs vendaient habituellement les livres en feuilles non reliées ou en cahiers brochés mais non cousus ensemble.

Au lieu des six stades de mon diagramme, Adams et Barker distinguent cinq « événements » : publication, fabrication, distribution, réception et survie. En faisant cela, ils déplacent l'attention des gens qui font, distribuent et lisent les livres au livre lui-même et aux processus par lesquels celui-ci passe à divers moments de son cycle de vie. Ils voient dans l'intérêt que je porte aux gens un symptôme de mon approche générale qui découlerait de l'histoire sociale plutôt que de la bibliographie et serait orientée vers l'histoire de la communication plutôt que vers l'histoire des bibliothèques où les livres trouvent finalement leur ultime repos. Ces arguments me semblent justes. En fait, je suis incapable de ressentir le moindre enthousiasme pour toute espèce d'histoire dont seraient exclus les êtres humains. Je continuerai donc à souligner l'importance de l'étude des activités des gens du livre afin de comprendre l'histoire du livre. Quand j'examine les points les plus subtils de l'argument d'Adams et de Barker, j'ai l'impression qu'ils font de même. Par exemple, ils veulent représenter dans la première case de leur diagramme la décision de publier — une décision prise par des individus même si elle détermine la création du livre comme objet matériel. Dans le même temps, ils sous-estiment le rôle des auteurs. J'ai mis l'accent sur ce rôle dans la première de mes cases en proposant ainsi d'ouvrir l'histoire du livre à ce que Bourdieu nomme le « champ littéraire » — c'est-à-dire un ensemble de relations déterminées par des lignes de force et soumises aux règles du jeu acceptées par les joueurs.

La dernière case du diagramme d'Adams et de Barker, « survie », représente une amélioration significative par rapport au mien. J'ai fait une place aux bibliothèques, mais je n'ai pas pris en considération le remaniement des textes pour de nouvelles éditions et dans les traductions, ni les contextes changeants de la lecture et de la littérature en général. Adams et Barker développent leur thèse avec efficacité en prenant pour exemple *The Pilgrim's Progress* (« *Le Voyage du pèlerin* ») de John Bunyan qui parut à l'origine sous forme de livre de colportage, plus tard en éditions de luxe, et qui prit enfin sa place dans le canon des classiques comme livre de poche à bon marché lu par les étudiants partout dans le monde. L'étude que fait Peter Burke du *Courtisan* de Castiglione est un autre exemple d'excellente histoire du livre qu'il est difficile de faire entrer dans mon diagramme. Parce que j'ai tenté de représenter les stades interconnectés du cycle de vie d'une édition, je n'ai pas rendu justice à des phénomènes tels que la conservation et l'évolution dans l'histoire longue du livre. Je me demande, cependant, si un organigramme peut rendre compte des métamorphoses des textes alors qu'ils passent par des éditions successives, des traductions, des abrégés et des compilations. En se concentrant sur une seule édition, mon diagramme avait au moins l'avantage de retracer les étapes d'un processus concret, processus qui reliait les auteurs aux lecteurs par une série d'étapes clairement enchaînées.

Enfin, j'aimerais faire état de champs dans l'histoire du livre qui défient l'envie d'établir des diagrammes. L'Islande avait une presse d'imprimerie presque un siècle avant que les Pères pèlerins ne posent le pied en Amérique du Nord, en 1620. Mais elle ne produisait que des textes liturgiques et d'autres ouvrages ecclésiastiques demandés par les évêques de Skálholt et de Hólar. L'édition profane ne commença qu'en 1773 et, même alors, elle demeura confinée à un petit atelier de Hrappsey. (Je puise ici dans les travaux d'historiens islandais du livre comme Sigurdur Gylfi Magnusson et David Olafsson.) L'Islande n'eut jamais de librairies entre le XVIe siècle et la moitié du XIXe siècle. Elle n'avait pas non plus d'écoles. Cependant, à la fin du XVIIIe siècle, la population presque entière était alphabétisée. Les familles des fermes dispersées sur un territoire immense apprenaient à lire à leurs enfants — et les Islandais lisaient beaucoup, en particulier pendant les longs mois d'hiver. Mis à part les ouvrages religieux, leurs lectures consistaient essentiellement en sagas nordiques, copiées et recopiées au cours de nombreuses générations dans des milliers de livres manuscrits qui constituent aujourd'hui les principales collections des archives islandaises. L'Islande est donc un exemple de société qui contredit tout ce qui figure dans mon diagramme. Pendant trois siècles et demi, elle eut une population très instruite qui s'adonnait à la lecture de livres, mais qui n'avait quasiment pas de presses d'imprimerie, de librairies, de bibliothèques ni d'écoles. Aberration ? Peut-être, mais l'expérience des Islandais peut nous enseigner quelque chose sur la nature de la culture littéraire en Scandinavie et même en d'autres parties du monde, en particulier dans les zones rurales où les cultures orale et écrite se renforçaient mutuellement au-delà du verbe imprimé.

L'exemple de l'Islande suggère qu'il est important de s'aventurer hors des sentiers battus qui relient les grands centres comme Leipzig, Paris, Amsterdam, Londres, Philadelphie et New York. Et quoi que l'on fasse des Islandais, il faut admettre que les diagrammes ne servent qu'à aiguiser des perceptions de relations complexes. Cette complexité a été restituée, ces dernières décennies, par les ouvertures nouvelles de l'histoire du livre. J'aimerais me concentrer sur quatre d'entre elles et indiquer comment elles ont affecté mes propres recherches.

Tout d'abord, je dois mentionner la réorientation de la bibliographie effectuée par D. F. McKenzie. (Je reviendrai, au chapitre prochain, sur ces développements qui m'ont beaucoup appris non seulement par les écrits de cet auteur, mais aussi par notre collaboration lors d'un séminaire à Oxford, afin de rendre justice à ce riche courant de recherche académique.) McKenzie ne rejetait pas les techniques de l'analyse bibliographique développées un siècle plus tôt par Greg, McKerrow et d'autres maîtres de la discipline, mais il les employa pour ouvrir un nouveau terrain de recherche qu'il baptisa sociologie des textes. Le terme « sociologie » sonnait comme une déclaration de guerre à l'encontre de certains des bibliographes qui écoutèrent ou lurent les conférences Panizzi que McKenzie fit en 1985. Il l'utilisa cependant pour étendre l'analyse bibliographique rigoureuse à des questions portant sur les façons dont les textes résonnent dans l'ordre social et à travers les âges. Dans l'une de ses études les plus influentes, il montre comment la nature des pièces de Congreve s'était transformée en passant des in-quarto confus et égrillards de la fin du XVIIe siècle à l'imposant classicisme de l'édition in-octavo de 1710. Bien que les textes soient demeurés pour l'essentiel les mêmes, leur signification était modifiée par la mise en page, de nouveaux modes de présentation des scènes et l'articulation typographique de toutes les parties. John Barnard a incorporé l'interprétation de McKenzie dans un vaste récit de l'émergence d'un canon littéraire en reparcourant les éditions de Shakespeare, Dryden, Congreve et Pope. Le livre, dans toute sa matérialité, apparaît donc comme un élément crucial du développement de la culture littéraire en Angleterre néoclassique — et, par-delà la littérature, comme une composante de la société de consommation et de l'*ethos* de la civilité qui caractérisait la vie de la bourgeoisie en Grande-Bretagne au XVIIIe siècle. Dans une série comparable d'études, Peter Blayney a étendu la bibliographie à l'histoire socioculturelle de l'Angleterre élisabéthaine.

Le deuxième courant sur lequel j'aimerais attirer l'attention est généralement qualifié de « paratextuel ». Il occupe les théoriciens de la littérature depuis des décennies et est devenu de plus en plus important dans les études concrètes de textes. Après avoir parcouru cette littérature, je me suis intéressé de plus près à la manière dont pages de titre, frontispices, préfaces, appareils de notes, illustrations et appendices influent sur les perceptions du lecteur. Des notes burlesques apparaissent partout dans les livres du XVIIIe siècle. Une de mes préférées déclare simplement : « La moitié de cet article est vraie. » Au lecteur de découvrir laquelle. Des procédés semblables l'invitent à jouer, à résoudre une énigme ou à décoder une devinette. Des nombreuses formes de lecture qui se développèrent en Europe au début de l'époque moderne, celle qui en appelle au jeu mérite, je pense, une attention particulière. Vous la trouvez partout, dans les libelles, les romans et les revues littéraires qui incitaient constamment le lecteur à pénétrer les secrets cachés entre les lignes ou sous le texte. Je me suis pris de passion pour les romans à clef, genre très populaire alors. Pour en déchiffrer le sens, il faut lire le texte à deux niveaux, en passant continuellement du récit, qui peut être parfaitement banal, à la clef qui donne vie à l'histoire au moyen d'« applications » (terme essentiel alors pour la police parisienne) ou d'allusions à la politique du moment ou aux problèmes sociaux. L'histoire de la lecture m'apparaît décidément plus complexe que je ne l'avais imaginé à l'origine.

La paratextualité a une cousine, l'intertextualité. Formulés de façon aussi abstraite, ces termes ressemblent à des mots à la mode et prétentieux, mais ils expriment une préoccupation commune pour ces éléments en apparence sans pertinence — qu'ils soient internes, comme la typographie, ou externes, comme les emprunts à d'autres textes —, qui façonnent le sens d'un livre. Des historiens de la pensée politique ont longuement étudié des brochures de Machiavel, de Hobbes et de Locke en tant qu'elles s'inscrivent dans un débat général, scandé par d'autres brochures. Chaque œuvre, telle qu'ils la voient, appartient à un discours collectif et ne peut être comprise isolément. En parcourant les libelles du XVIIIe siècle, je n'ai cessé de tomber sur des passages que je pensais avoir lus ailleurs. En les faisant remonter à leurs sources, j'ai été étonné de découvrir, dispersées partout dans les livres, les pamphlets et les chroniques scandaleuses journalistiques, les mêmes anecdotes racontées presque dans les mêmes termes. Était-ce un cas de plagiat collectif? Le mot existait deux siècles plus tôt, mais le « plagiat » ne décrit guère la pratique des plumitifs écrivant dans leurs galetas. Ils s'empruntaient mutuellement des passages, ajoutaient des matériaux relevés dans les cafés et les théâtres, remuaient bien et servaient le tout comme quelque chose de nouveau. Des succès de librairie tels que *La Vie privée de Louis XV* et les *Anecdotes sur Madame la comtesse du Barry* contiennent les mêmes historiettes tirées des mêmes sources fort diverses. Aux XVIIe et XVIIIe siècles, contrairement à aujourd'hui, le mot « anecdote » signifiait « histoire secrète[3] ». Le terme, dérivé de Procope et d'autres écrivains de la Grèce et de la Rome antiques, renvoyait aux incidents cachés de la vie des personnages publics, à des choses qui étaient réellement arrivées, quoiqu'elles aient pu être déformées dans leur récit, et qui révélaient donc les incohérences des versions officielles des événements. Les anecdotes constituaient les éléments de base dans toutes sortes de formes de littérature prohibée et elles pouvaient être accommodées en combinaisons infinies. J'en suis venu à concevoir les textes diffamatoires comme des sous-produits composés de morceaux préexistants d'informations, qui étaient à la disposition de tout écrivaillon qui avait besoin d'argent et de tout agent politique désireux de ruiner des réputations. Les libelles étaient bricolés à partir de matériaux éparpillés dans les systèmes d'information de l'Ancien Régime. Pour en tirer un sens, il est essentiel d'étudier le système lui-même — c'est-à-dire de se concentrer sur les combinaisons intertextuelles plutôt que sur le livre comme unité autonome.

Cela nous conduit, pour finir, à rappeler l'importance de la littérature comparée. Cette discipline est plus souvent prêchée que pratiquée, mais quelques historiens — Roger Chartier et Peter Burke, par exemple — ont démontré l'intérêt de suivre les livres au-delà des frontières des langues et des pays. Dans mes propres recherches, depuis 1982, j'ai essayé de comparer la censure telle qu'elle se pratiquait sous trois régimes autoritaires, la France des Bourbons, l'Inde coloniale et l'Allemagne de l'Est communiste. Les comparaisons démontrent que la censure n'était pas une chose en soi, qui peut être contrôlée comme une particule radioactive dans un flux sanguin, mais plutôt une composante de systèmes sociopolitiques fonctionnant chacun selon ses propres principes particuliers. Une macroanalyse de l'édition et du commerce du livre en Europe au XVIIIe siècle pourrait donner des résultats plus révélateurs. L'Allemagne et l'Italie se prêtent à des comparaisons parce que ces deux pays étaient fragmentés en petites unités politiques alors qu'une littérature nationale envahissait un marché unique de grande échelle. L'opposition entre Francfort et Leipzig conduisit à la modernisation du commerce en Allemagne. Cela entraîna le passage d'un système dominé par l'échange de livres (le *Tauschhandel* favorisé à Francfort) à un système stimulé par des paiements en liquide (le *Barhandel* pratiqué de plus en plus à Leipzig) et eut pour résultat la victoire des éditeurs de Leipzig et de Berlin qui versaient des avances significatives aux auteurs importants, en particulier à Goethe. Milan commença peut-être à éclipser Venise de la même façon. Le mouvement des Lumières italien se propagea certainement à partir des places fortes du Nord, comme ces philosophes qui se regroupaient autour d'*Il Caffè* à Milan. La France et l'Angleterre fournissent des possibilités d'analyse comparative encore plus fructueuses. La Compagnie des imprimeurs monopolisait le commerce à Londres de façon semblable à la Communauté des libraires et des imprimeurs à Paris. Chaque oligarchie étouffait l'édition dans les provinces et, dans chaque cas, celles-ci ripostaient en constituant des alliances avec des fournisseurs étrangers. Édimbourg, Glasgow et Dublin inondaient l'Angleterre d'éditions piratées à bon marché, tout comme Amsterdam, Bruxelles et Genève conquéraient le marché en France. Bien sûr, les conditions politiques étaient différentes. Les Anglais jouissaient de quelque chose qui ressemblait à la liberté de la presse malgré l'effet répressif des poursuites judiciaires pour diffamation séditieuse, alors que la censure préalable et la police du livre inhibaient le commerce français malgré l'aménagement de brèches juridiques comme les permissions tacites (l'autorisation de publier des livres sans approbation officielle d'un censeur). Les conditions économiques étaient-elles alors plus importantes que les règles formelles imposées par les autorités politiques ? Je suis tenté de le croire. En outre, les règles du jeu commencèrent à changer à la même époque dans les deux pays. L'affaire Donaldson contre Beckett en 1774 libéra le marché anglais d'une façon comparable aux édits français sur la librairie de 1777. Les raids sur le marché allemand lancés par des pirates autrichiens pourraient se comparer aux attaques étrangères des Écossais et des Irlandais contre le commerce en Angleterre et à celles en France des Hollandais et des Suisses.

Le lecteur, chemin faisant, aura perçu l'importance, mise en perspective historique, de la matérialité du support des livres, de leur circulation dans des milieux sociaux différenciés comme entre les nations et leurs différentes langues, de la censure et des attaques contre la propriété littéraire. Autant d'éléments que l'on a tendance aujourd'hui à croire constitutifs du seul problème numérique.

Chapitre III

LE PAYSAGE DE L'INFORMATION ET L'INSTABILITÉ DES TEXTES

Où le lecteur découvre, d'Internet à hier, combien et comment les processus de transmission modifient les textes mêmes.

L'information se développe de façon si démentielle autour de nous et les technologies de l'information évoluent à une vitesse si époustouflante que nous nous trouvons confrontés à un problème essentiel : comment nous orienter dans ce nouveau paysage ? Que deviendront, par exemple, les bibliothèques universitaires face à des merveilles technologiques comme Google ? Comment donner du sens à tout cela ? Je n'ai pas de réponse à ce problème, mais je peux suggérer une façon de l'aborder : observons l'histoire des modes de communication de l'information. En simplifiant outrageusement les choses, il est possible de dire que les techniques d'information ont connu quatre mutations fondamentales depuis que l'homme a appris à parler.

Quelque part sur terre, vers 4000 avant notre ère, l'homme a appris à écrire. Les hiéroglyphes égyptiens remontent à environ 3200 avant notre ère, l'écriture alphabétique à 1000. Selon des spécialistes comme Jack Goody, l'invention de l'écriture a été la découverte technologique la plus importante de l'histoire de l'humanité. Elle a transformé la relation de l'espèce humaine avec le passé et a ouvert la voie à l'émergence du livre comme force dans l'histoire.

L'histoire du livre a conduit à un deuxième changement technologique quand le codex a remplacé le rouleau peu après le début de notre ère. Au IIIe siècle, le codex — c'est-à-dire le livre aux pages que l'on tourne contrairement au rouleau que l'on déploie — a joué un rôle crucial dans l'expansion du christianisme. Il a transformé l'expérience de la lecture : la page est apparue comme une unité de perception, et les lecteurs purent feuilleter un texte clairement articulé qui en vint finalement à inclure des mots différenciés (à savoir séparés par des espaces), des paragraphes et des chapitres, ainsi que des tables des matières, des index et d'autres aides pour le lecteur.

Le codex, à son tour, a été modifié par l'invention de l'imprimerie aux caractères mobiles dans les années 1450. Certes, les Chinois avaient découvert le caractère mobile vers 1050 et les Coréens utilisaient des caractères en métal plutôt que des blocs de bois vers 1230. Mais l'invention de Gutenberg, à la différence de celles de l'Extrême-Orient, se répandit comme une traînée de poudre et mit le livre à la portée de cercles croissants de lecteurs. La technologie de l'imprimerie ne changea pas pendant presque quatre siècles, mais le lectorat s'accrut de plus en plus grâce aux progrès de l'alphabétisation, de l'éducation et de l'accès à l'imprimé. Pamphlets et journaux, imprimés par des presses à vapeur sur du papier fabriqué avec de la pulpe de bois et non plus des chiffons, accentuèrent le processus de démocratisation qui donna naissance à un public de masse au cours de la seconde moitié du XIXe siècle.

La quatrième grande mutation, la communication électronique, s'est produite hier, ou avant-hier, selon la façon d'évaluer les choses. Internet date de 1974, au moins en tant que terme. Il s'est développé à partir d'Arpanet, qui remonte à 1969, et d'expériences précédentes en communication dans les réseaux d'ordinateurs. La Toile est née comme moyen de communication entre physiciens en 1991. Les sites Internet et les moteurs de recherche sont devenus choses banales au milieu des années 1990. Et, à partir de là, chacun connaît la succession des noms de marque qui ont fait de la communication électronique une réalité de chaque jour : Gopher, Mosaic, Internet Explorer et Google, fondé en 1998.

Lorsqu'on l'égrène de cette façon, le rythme du changement semble à couper le souffle : de l'écriture au codex : 4300 ans; du codex au caractère mobile, 1150 ans; du caractère mobile à Internet : 524 ans; d'Internet aux moteurs de recherche : 17 ans; et de ces moteurs aux algorithmes de classement de Google : 7 ans. Et qui sait ce qui nous attend encore ou ce qui est sur le point de sortir?

Chaque mutation de la technologie a transformé le paysage de l'information et l'accélération s'est poursuivie à un tel rythme qu'elle semble irrésistible et incompréhensible. À long terme — ou dans ce que les historiens français nomment la longue durée — l'image générale semble claire, ou plutôt vertigineuse. Mais, en alignant les faits de cette façon, je les ai conduits à une conclusion excessivement dramatique. Les historiens, américains comme français, nous jouent souvent de tels tours. En réorganisant les faits, il est possible d'esquisser une tout autre image, qui met l'accent sur la continuité plutôt que sur le changement. La continuité à laquelle je pense a à voir avec la nature de l'information elle-même ou, pour exprimer les choses différemment, avec l'instabilité inhérente aux textes. Au lieu d'une vision à long terme des mutations technologiques, sur laquelle se fonde l'idée commune que nous sommes entrés dans une ère nouvelle, dans l'âge de l'information, j'aimerais soutenir que chaque ère a été, à sa façon, un âge de l'information et que celle-ci a toujours été instable.

Commençons par Internet et remontons le temps. Plus d'un million de blogs ont vu le jour au cours des dernières années. Ils ont donné matière à une foule d'anecdotes sur la diffusion d'informations erronées, dont certaines ressemblent à des mythes urbains. Cependant, je crois l'histoire qui suit véridique, bien que je ne puisse jurer de son authenticité, l'ayant moi-même trouvée sur Internet. Un journal satirique, *The Onion*, a publié un canular selon lequel un architecte avait conçu un nouveau type d'immeuble à Washington, D.C., avec un dôme mobile. Les jours ensoleillés, on appuie sur un bouton et le dôme se rétracte, l'immeuble ressemblant alors à un stade de football ; les jours de pluie, le bâtiment ressemble au Congrès. L'histoire a circulé d'un site informatique à un autre avant d'arriver en Chine où elle a paru dans le *Beijing Evening News*. Puis elle a été reprise par le *Los Angeles Times*, le *San Francisco Chronicle*, Reuters, CNN, Wired.com et d'innombrables blogs comme exemple de la vision que les Chinois se font des États-Unis : ils croient que les Américains vivent dans des maisons décapotables tout comme ils se déplacent dans des voitures décapotables.

D'autres anecdotes suggèrent la même conclusion : les blogs créent les nouvelles et celles-ci peuvent prendre la forme d'une réalité textuelle qui surpasse la réalité que nous avons sous les yeux. Aujourd'hui beaucoup de journalistes consacrent plus de temps à suivre les blogs qu'à vérifier les sources traditionnelles comme les porte-parole des pouvoirs publics. En cet âge de l'information les nouvelles se sont libérées de leurs ancrages conventionnels, créant ainsi des possibilités de désinformation jusqu'à l'échelle mondiale. Faut-il alors penser que notre époque donne un accès sans précédent à l'information, mais que celle-ci est de moins en moins fiable ?

Je crois que les nouvelles ont toujours été un artefact et qu'elles n'ont jamais correspondu exactement à ce qui s'est réellement passé. Nous prenons aujourd'hui la une des journaux pour un miroir fidèle des événements de la veille, mais elle a été composée la veille au soir — littéralement par des « monteurs » qui ont mis en page la une selon des conventions arbitraires : article principal dans la partie supérieure, article de seconde importance sous le pli, nouvelles mineures sous forme de chapeaux au rez-de-chaussée, le tout mis en relief par des types particuliers de titres ou « titraille ». La typographie oriente le lecteur et modèle le sens de l'information. Les nouvelles elles-mêmes prennent la forme de récits rédigés par des professionnels suivant des conventions acquises au cours de leur formation — mode d'exposition en « pyramide inversée », chapeau de tête, code pour les sources « bien informées » et « secondes », et ainsi de suite. La nouvelle n'est pas ce qui s'est passé mais un récit de ce qui s'est passé.

Bien sûr, beaucoup de reporters font de leur mieux pour être précis, mais ils doivent se conformer aux conventions du métier, et il existe toujours un décalage entre le choix de leurs mots et la nature de l'événement tel qu'il a été vécu ou perçu par d'autres personnes. Interrogez pour cela quiconque s'est trouvé impliqué dans un événement rapporté par la presse. On vous dira que l'on ne se reconnaît pas ou que l'on ne reconnaît pas l'événement dans le récit publié par le journal. Les lecteurs ayant une certaine instruction en Union soviétique avaient appris à se méfier de tout ce qui paraissait dans la *Pravda* et même à prendre l'absence d'informations pour le signe que quelque chose se passait. Le 31 août 1980, quand Lech Walesa signa avec le gouvernement polonais un accord créant le syndicat indépendant Solidarnos´c´, le peuple polonais refusa tout d'abord d'y croire, non parce que la nouvelle ne leur était pas parvenue, mais parce qu'elle avait été diffusée sur la télévision d'État.

J'ai moi-même été reporter de presse. J'avais acquis ma formation de base alors que, jeune étudiant, je couvrais les activités du quartier général de la police à Newark en 1959. Bien que j'eusse collaboré au journal universitaire, j'ignorais ce qu'était une nouvelle — c'est-à-dire quel événement méritait un papier et quelle forme rédactionnelle devait prendre un texte imprimé qui aurait répondu aux exigences du rédacteur. Les informations qui arrivaient au quartier général prenaient habituellement la forme de « fiches de signalement » ou de rapports dactylographiés reçus par le central. Ces fiches concernaient absolument tout, depuis les chiens écrasés jusqu'aux meurtres, et elles s'accumulaient au rythme d'une douzaine toutes les demi-heures. Mon travail consistait à les recueillir auprès du lieutenant au premier étage, à les parcourir en recherchant ce qui pouvait donner matière à un article et à annoncer l'information potentielle aux reporters chevronnés d'une dizaine de journaux, qui jouaient au poker dans la salle de presse au rez-de-chaussée. Le poker servait en fait de filtre. Un des reporters décidait si quelque chose parmi ce que j'avais sélectionné méritait d'être confirmé. Je procédais alors à une vérification, en général en téléphonant à des services clefs comme la brigade criminelle. Si l'information était suffisamment intéressante, je l'annonçais aux joueurs de poker qui la transmettaient alors à leur rédaction en ville. Mais la nouvelle devait être vraiment bonne — c'est-à-dire mauvaise pour le commun des mortels — pour justifier l'interruption des interminables parties de cartes. Le poker passionnait tout le monde, sauf moi ; je ne pouvais pas me permettre de jouer (la mise était de un dollar, une grosse somme à l'époque) et il me fallait apprendre à flairer les bons événements.

J'ai rapidement appris à laisser de côté les morts naturelles et les braquages de stations-service, mais il m'a fallu du temps pour repérer ce qui était réellement « bon », par exemple un hold-up dans une boutique digne de ce nom ou la rupture d'une canalisation d'eau à un emplacement central. Un jour je suis tombé sur une information si intéressante — un viol assorti d'un homicide — que je me suis rendu directement à la brigade criminelle avant d'aller en parler aux joueurs de poker. Quand je l'ai montrée au lieutenant de service, il m'a regardé avec dégoût : « T'as donc pas vu ça, petit ? » a-t-il dit en désignant un *B* entre parenthèses après les noms de la victime et du suspect. Ce n'est qu'alors que j'ai remarqué que tous les noms étaient suivis d'un *B* pour *Black,* ou d'un *W* pour *White.* J'ignorais que les crimes impliquant des Noirs n'avaient pas valeur d'informations.

Ayant appris à écrire des nouvelles, je me méfie à présent des journaux et je suis souvent étonné que des historiens les considèrent comme des sources de première main pour savoir ce qui s'est réellement passé. Je crois que les journaux doivent être lus pour s'informer sur la façon dont les contemporains ont interprété les événements plutôt que comme une connaissance fiable de ces mêmes événements. Une étude des nouvelles pendant la guerre de l'Indépendance américaine faite par un de mes étudiants de troisième cycle, Will Slauter, nous en apporte une illustration. Will Slauter a suivi les récits de la défaite de Washington à la bataille de Brandywine, telle qu'elle a été déformée par la presse américaine et européenne. Au XVIIIe siècle, les nouvelles prenaient habituellement la forme de paragraphes distincts plutôt que celle d'articles tels que nous les connaissons aujourd'hui, et les journaux se volaient entre eux la plupart de leurs paragraphes en leur ajoutant de nouveaux détails tirés des commérages dans les cafés ou recueillis auprès de capitaines de navire rentrés au pays. Un journal loyaliste de New York fut le premier à publier la nouvelle de la bataille de Brandywine —, accompagnée d'une lettre de Washington informant le Congrès qu'il avait été contraint de se replier devant les forces britanniques du général William Howe. Un exemplaire du journal traversa l'océan, passant de New York à Halifax, Glasgow et Édimbourg, où le paragraphe et la lettre furent repris par un journal local.

Les réimpressions d'Édimbourg furent ensuite reprises par plusieurs journaux londoniens, avec chaque fois de subtiles modifications. Ces changements étaient importants car les spéculateurs pariaient des sommes énormes sur le cours de la guerre en Amérique, tandis que les baissiers affrontaient les haussiers à la Bourse et que le gouvernement s'apprêtait à présenter un budget au Parlement où l'opposition proaméricaine menaçait de renverser le ministère de Lord North. À trois mille lieues nautiques et quatre à six semaines de traversée en bateau, les événements en Amérique présentaient une importance cruciale pour la résolution de cette crise financière et politique.

Que s'était-il réellement passé ? Les Londoniens avaient appris à se méfier de leurs journaux qui déformaient fréquemment les nouvelles en plagiant les paragraphes de leurs homologues. Que le paragraphe original ait été tiré d'un journal américain loyaliste le rendait suspect aux lecteurs. Son cheminement erratique en accentuait le caractère douteux car pourquoi Washington aurait-il annoncé sa propre défaite alors même que Howe n'avait pas encore revendiqué la victoire dans une dépêche envoyée directement de Philadelphie, ville proche du lieu de l'action ? En outre, certains rapports relevaient que La Fayette avait été blessé dans les combats, une impossibilité pour les lecteurs britanniques qui croyaient (à tort, d'après des rapports antérieurs inexacts) que le général français était loin de Brandywine et combattait contre le général John Burgoyne près du Canada.

Finalement, des lectures attentives de la lettre de Washington révélèrent des détails de style qui ne pouvaient provenir de la plume d'un général. L'un d'eux — l'emploi de *arraying* (« déployer ») trop littéraire au lieu de *arranging* (« disposer ») des troupes — s'avéra par la suite être une coquille de l'imprimeur. Beaucoup de Londoniens conclurent donc que le rapport était une supercherie destinée à promouvoir les intérêts des spéculateurs à la hausse et des politiciens du parti tory — et cela d'autant plus que la couverture de presse ne cessait d'enfler grâce à la technique du plagiat. Certains journaux londoniens prétendirent que la petite défaite avait été une catastrophe majeure pour les Américains et qu'elle s'était achevée par l'extermination de l'armée rebelle et la mort de Washington lui-même. (En fait, il fut quatre fois déclaré mort au cours de la couverture de la guerre et la presse londonienne annonça vingt-six fois le décès de Benedict Arnold, général américain qui passa du côté britannique pendant le conflit.)

Le *Courrier de l'Europe*, journal français fabriqué à Londres, publia un résumé traduit des comptes rendus anglais avec une note avertissant qu'il s'agissait probablement de faux. Cette version de l'événement passa dans une douzaine de journaux français rédigés aux Pays-Bas, en Rhénanie, en Suisse et en France même. Lorsqu'elle atteignit Versailles, la nouvelle de la défaite de Washington avait été complètement écartée. Le comte de Vergennes, ministre français des Affaires étrangères, continua donc à soutenir l'intervention militaire aux côtés des Américains. Et, à Londres, lorsque, après un long délai, l'annonce de la victoire de Howe arriva enfin (il avait, sans raison connue, négligé d'écrire pendant deux semaines), elle fut éclipsée par la nouvelle plus spectaculaire de la défaite de Burgoyne à Saratoga. Ainsi la défaite de Brandywine se transforma en une affaire de nouvelle mal rédigée et mal lue — un non-événement médiatique dont la signification fut déterminée par son processus de transmission, tout comme le blog sur le dôme mobile et le tri des informations criminelles au quartier général de la police à Newark.

Un excursus pour les fans de Google : Shakespeare ou la nécessité démontrée de conserver plus d'un exemplaire d'un livre.

L'information n'a jamais été stable. C'est peut-être un truisme, mais qui mérite réflexion. Cela pourrait servir de correctif à la croyance que l'accélération des mutations technologiques nous a projetés dans une ère nouvelle où l'information échappe à tout contrôle. Je suggérerai plutôt que les techniques nouvelles de communication devraient nous contraindre à reconsidérer la notion même d'information. Il ne faut pas la comprendre comme si elle avait la forme de faits durs ou de pépites de réalité prêtes à être extraites des journaux, des archives et des bibliothèques, mais plutôt en tant que messages constamment remaniés au cours du processus de transmission. Plutôt qu'à des documents solidement établis, nous avons affaire à des textes multiples et changeants. En les étudiant d'un œil sceptique sur nos écrans d'ordinateur, nous pouvons apprendre à lire les journaux quotidiens de façon plus efficace — et même apprendre à aimer les vieux livres.

Les bibliographes se sont ralliés à cette opinion bien avant l'avènement d'Internet. Sir Walter Greg l'a développée à la fin du XIXe siècle et

Donald McKenzie l'a affinée à la fin du siècle suivant. Leurs travaux apportent une réponse aux questions posées par les blogueurs, les fans de Google et autres passionnés de la Toile : Pourquoi conserver plus d'un exemplaire d'un livre ? Pourquoi dépenser de grosses sommes à l'achat d'éditions originales ? Les collections de livres rares ne sont-elles pas condamnées à l'obsolescence à présent que tout est disponible sur Internet ? Les esprits incrédules voyaient dans l'acharnement de Henry Clay Folger à accumuler des exemplaires de l'édition dite du Premier Folio des œuvres de Shakespeare une manie d'excentrique qu'ils condamnaient. Le Premier Folio, publié en 1623, sept ans après la mort de Shakespeare, contenait le premier recueil de ses pièces, mais la plupart des collectionneurs considéraient qu'un seul exemplaire suffisait dans toute bibliothèque de recherche. Lorsque la collection de Folger dépassa les trois douzaines d'exemplaires, ses amis le surnommèrent par dérision Forty Folio Folger. Depuis, cependant, les bibliographes ont exploité cette collection pour y trouver des informations cruciales non seulement pour l'édition critique des pièces, mais aussi pour leur mise en scène.

Ils ont démontré que dix-huit des trente-six pièces du Premier Folio n'avaient jamais été publiées auparavant. Quatre étaient déjà connues uniquement à partir d'exemplaires fautifs, appelés « mauvais » in-quarto — des opuscules de pièces individuelles imprimés du vivant de Shakespeare, souvent par des éditeurs sans scrupules qui avaient utilisé des versions corrompues des textes. Douze étaient réimprimées sous une forme modifiée à partir d'in-quarto relativement bons et deux seulement reprises sans changement d'éditions in-quarto précédentes. Comme il ne subsiste aucun manuscrit de Shakespeare, les différences entre ces textes sont essentielles pour déterminer ce qu'il a écrit. Mais le Premier Folio ne peut pas simplement se comparer aux in-quarto car chaque exemplaire du Folio diffère des autres. Lorsqu'il fut imprimé dans l'atelier d'Isaac Jaggard, en 1622 et 1623, le livre connut trois publications très différentes. Certains exemplaires ne contiennent pas *Troïlus et Cressida*, d'autres comprennent une version complète de la pièce et certains le texte principal mais sans le prologue et avec une fin rayée de *Roméo et Juliette* au verso de la feuille comportant la première scène de *Troïlus*.

À ces différences s'ajoutaient quelque cent corrections de dernière minute et les particularités du travail de neuf ouvriers imprimeurs au moins qui composèrent la copie tout en s'occupant d'autres tâches — et qui abandonnaient parfois Shakespeare à un jeune apprenti incompétent. En s'appuyant sur les variantes dans les textes, des bibliographes comme Charlton

Hinman et Peter Blayney ont reconstitué le processus de fabrication et ont ainsi émis des conclusions convaincantes sur les œuvres les plus importantes en langue anglaise. Ce travail laborieux d'érudition n'aurait pu être accompli sans les Folios de M. Folger.

Il y a une véritable importance à être bibliographe dans un monde qu'on nous prédit devoir être à terme totalement numérisé, à présent que les textes sont devenus plus accessibles et moins fiables grâce à Internet. Les étudiants téléchargent en général des textes à partir d'ordinateurs sans se demander d'où ils viennent et ils obtiennent fréquemment des rebuts, mais le problème n'est pas nouveau.

Voici un passage de la première version imprimée du *Roi Lear* (édition in-quarto de 1608, III, iv. 118) : « *Swithald footed thrice the old a nellthu night more and her nine fold bid her, O light and her troth plight and arint thee, with arint thee*[1]. » C'est là un rebut du XVIIe siècle, probablement aussi incompréhensible pour les lecteurs à l'époque qu'il l'est aujourd'hui pour nous. Pour lui donner un sens, les présentateurs du texte ont puisé dans le folklore, la philologie, la paléographie, l'histoire des religions et leur propre intuition. Ils en ont conclu que Shakespeare voulait évoquer l'image de saint Vitold refoulant un démon femelle et sa progéniture au cours d'une nuit de tempête. Ce genre de critique textuelle, accompagné de commentaires et de variantes dans des notes et des appendices, est familier à tout lecteur de Shakespeare. Que peut lui apporter la bibliographie ?

Considérons un autre exemple de rebut chez Shakespeare, l'édition in-quarto du *Marchand de Venise* publiée en 1619. Dans l'acte I, scène 3, 65-66, Antonio demande à Bassanio si Shylock sait combien Bassanio veut lui emprunter : « *Are you resolu'd, How much he would haue ?* » (« Avez-vous décidé de combien il prendrait ? »). Dans l'édition originale du *Marchand de Venise*, un in-quarto de 1600, le texte est : « *Is hee yet possest How much ye would ?* » (« *Sait-il déjà combien vous voudriez ?* »). Quelle version préférer ? Nous ne pouvons connaître l'intention de Shakespeare car aucun manuscrit de ses pièces n'a subsisté — sauf, peut-être, trois pages de sa main appartenant à la tragédie *Sir Thomas More* qui ne fut jamais jouée. Mais nous pouvons identifier les passages les plus corrompus des premières versions imprimées.

En analysant les exemplaires matériels, les bibliographes ont déterminé que l'in-quarto de 1619 avait été composé par le même typographe, ouvrier particulièrement négligent, qu'ils appellent le Compositeur B, qui composa neuf autres in-quarto de pièces shakespeariennes ou pseudo-shakespeariennes la même année en utilisant comme copie des éditions antérieures.

Lorsqu'il tombait sur une expression qu'il jugeait fautive, il « l'amendait ». Ainsi la version de 1619 de ces lignes est du Compositeur B tout pur et le texte de la pièce entière (elle compte en moyenne une erreur significative toutes les vingt-trois lignes) du Shakespeare très impur. En outre, B a également composé la moitié du Premier Folio, notre source principale pour reconstituer l'œuvre de Shakespeare. Pour tirer un sens de cette œuvre, il ne suffit donc pas d'être critique littéraire. Il faut aussi être bibliographe — ou, au moins, avoir des rudiments suffisants en matière de bibliographie pour savoir comment les livres étaient fabriqués à la fin du XVIe siècle et au début du XVIIe [2].

Ce genre de bibliographie, généralement qualifiée de « descriptive » ou « analytique », pour la distinguer du genre « énumératif » ou d'établissement de listes, est devenu un instrument majeur dans les humanités au cours de la première moitié du XXe siècle. Mais qu'était-il exactement et avait-il d'autres implications en dehors de l'établissement des textes ? Sir Walter Greg, autorité suprême en ces matières, définissait la bibliographie comme « la science de la transmission matérielle des documents littéraires[3] ». Sa formulation fut contestée par certains qui jugeaient le terme de « science » trop positiviste et le terme « littéraire » trop restrictif puisque l'analyse bibliographique pouvait s'appliquer à toute espèce de texte et de forme de communication. Mais l'accent mis sur la matérialité séduisit tous les bibliographes parce que tous étudiaient les livres en tant qu'objets physiques. En apprenant comment des textes s'inscrivaient sur le papier en tant que signes typographiques et étaient transmis aux lecteurs sous forme de pages reliées en livres, ils espéraient comprendre un aspect fondamental de la littérature même.

Greg et R. B. McKerrow avaient commencé à élaborer les techniques et les concepts fondamentaux de cette « nouvelle bibliographie », ainsi qu'elle fut dénommée, alors qu'ils étaient étudiants à Trinity College, Cambridge, dans les années 1890. Avec la publication de *An Introduction to Bibliography for Literary Students* de McKerrow en 1928 et de *Principles of Bibliographical Description* de Fredson Bowers en 1949, la bibliographie apparut comme une discipline cohérente ayant des critères qui s'étaient figés en une orthodoxie. En 1950, elle devenait une matière obligatoire des programmes de doctorat dans beaucoup de départements d'anglais. Avec la philologie et d'autres compétences professionnelles, les étudiants apprenaient à reconnaître les formats, collationner les signatures en bas des feuilles, repérer les cartons et les filigranes, distinguer les œils de caractères, analyser l'iconographie et identifier les reliures.

Les études shakespeariennes s'épanouirent tout particulièrement dans ce contexte parce que les premières éditions des pièces, publiées à un stade élémentaire de l'histoire de l'imprimerie, sont émaillées d'erreurs et ne peuvent être corrigées en se référant à un manuscrit original. À ce que l'on sait, Shakespeare ne prit aucune part dans leur publication. Pour lui, semble-t-il, seule importait la représentation, et il modifiait probablement les scripts à mesure que l'action se déroulait sur scène. Nous pouvons imaginer les brouillons et les manuscrits qu'il destinait au souffleur mais, pour parvenir aux textes, nous devons trouver un chemin au milieu des éditions fautives bricolées dans les ateliers d'imprimerie de l'époque. *Hamlet* parut tout d'abord dans un in-quarto primitif en 1603, puis dans un in-quarto de 1604-1605, deux fois plus long, tandis que le folio de 1623 compte quatre-vingt-cinq vers nouveaux et diffère beaucoup des deux éditions précédentes. *Le Roi Lear* présente tant de problèmes que ses éditeurs les plus récents en ont donné deux versions. Elles sont radicalement différentes et cependant chacune obéit aux critères bibliographiques les plus exigeants et représente peut-être une version que Shakespeare jugea à un moment être la dernière. Ainsi disposons-nous aujourd'hui de deux *Roi Lear*, sans oublier les éditions composites plus anciennes, et sommes-nous plus riches grâce à la bibliographie[4].

Les énigmes textuelles de ce genre ont inspiré à des générations de chercheurs des prouesses d'une virtuosité toujours plus grande. En se plongeant dans les premières éditions, ils ont repéré toutes sortes d'anomalies typographiques — orthographe incohérente, irrégularités dans les espaces, caractères abîmés —, autant d'indices qui pouvaient les aider à reconstituer les processus de fabrication dans les ateliers d'imprimerie de l'époque élisabéthaine et à se rapprocher ainsi de l'original manquant de Shakespeare. Beaucoup même ont appris à composer des textes et sont ainsi devenus typographes amateurs. En imagination, les titulaires d'un doctorat se firent les compagnons des premiers ouvriers qui transformèrent les œuvres de Shakespeare en livres. C'était là une idée grisante, mais qui ne dura pas.

La bibliographie n'a pas disparu, mais elle a été mise de côté et délaissée par des courants plus récents d'études littéraires. De la New Criticism des années 1940 au déconstructionnisme des années 1960 et au nouvel historicisme des années 1980, l'étude des textes s'est de plus en plus écartée de leur matérialisation sous forme de livres. La bibliographie a commencé à paraître comme une discipline ésotérique qui pouvait avoir son utilité pour éditer Shakespeare, mais qui n'avait guère de pertinence pour appréhender la littérature moderne. Certains ouvrages modernes, de *Pamela* de Richardson à *Ulysse* de Joyce, posaient d'importants problèmes bibliographiques, mais la plupart pouvaient être édités avec des notes minimales sur les variantes textuelles. En 1968, Edmund Wilson déclencha une tempête en dénonçant pour excès bibliographique les éditions parrainées par la Modern Language Society — il citait un projet dans lequel dix-huit éditeurs scientifiques préparaient une édition critique de *Tom Sawyer* en lisant le roman à partir de la fin — et, lorsque la polémique retomba, la bibliographie avait perdu beaucoup de son attrait. Elle disparut des programmes d'enseignement supérieur et même de la plupart des écoles de bibliothéconomie. Pour une génération qui avait assisté à la chute du canon et à l'essor d'Internet, l'analyse fine des livres anciens n'avait plus aucune séduction.

Au cours de cette remise en question, l'inévitable arriva : l'hérésie. Toutes les orthodoxies engendrent des hérétiques, mais le Martin Luther de la bibliographie, Donald F. McKenzie, représenta une menace particulière pour la vieille garde car il pouvait battre ses meilleurs membres à leur propre jeu. Ayant assimilé les principes de Fredson Bowers et étant devenu un imprimeur de premier rang lui-même,

McKenzie quitta sa Nouvelle-Zélande natale pour Cambridge en Angleterre, où il rédigea une thèse sous la direction d'un maître en bibliographie, Philip Gaskell. Le livre qui en sortit, *The Cambridge University Press, 1696-1712* (1966), fut salué comme l'un des ouvrages les plus rigoureux jamais écrits dans la tradition de Greg et McKerrow. Cependant, il présentait un aspect dérangeant dans la mesure où McKenzie ne se contentait pas de donner une analyse bibliographique de tous les livres produits par la Cambridge University Press pendant ces seize années ; il confrontait aussi les documents matériels aux archives de la presse et les manuscrits révélaient que les choses ne s'étaient pas passées comme on pouvait le croire.

Les compositeurs ou metteurs ne donnaient pas aux pressiers les formes (les pages de caractères rangés dans un châssis de fer et serrés en place pour l'impression) selon un ordre cohérent. Ils envoyaient, au contraire, une forme complétée à n'importe quelle presse qui se trouvait disponible. Ainsi, à un moment ou à un autre, tous les pressiers de l'atelier tiraient des exemplaires d'un livre particulier. En outre, les compositeurs passaient fréquemment d'une tâche à une autre. Ils pouvaient composer les caractères d'une forme pour un traité comme les *Principia mathematica* de Newton, publiés par la C.U.P. en 1713, et s'occuper ensuite d'un connaissement ou d'un reçu, pour s'attaquer plus tard à un recueil de sermons. Comme certaines tâches demandaient plus de temps que d'autres ou étaient plus urgentes, le prote les répartissait de la manière la plus efficace, et plusieurs livres étaient en cours de fabrication en même temps, chacun suivant son propre rythme erratique. La régularité de la production au niveau de l'atelier compensait les irrégularités du travail de chaque homme, un mode d'organisation du travail que McKenzie qualifie de « production simultanée ». C'était là une idée en apparence innocente ; mais, en exposant toutes ses implications, McKenzie semblait saper les fondements de la bibliographie orthodoxe.

Les bibliographes antérieurs avaient supposé que chaque livre suivait la chaîne de production selon un schéma cohérent et linéaire : un compositeur donné fournissait les formes aux ouvriers d'une presse donnée qui tiraient l'édition en laissant fréquemment des traces de leur activité dans la variation des titres courants en haut de page, dans les lignes de pied ou les chiffres de presse (habituellement des nombres ajoutés en bas pour identifier le travail de chaque pressier). Il était alors possible de constituer une série d'inférences, en remontant le processus de fabrication depuis l'exemplaire matériel jusqu'à la presse, au compositeur et, à certains égards au moins, au manuscrit original, même s'il manquait comme dans le cas de Shakespeare, surtout de Shakespeare car la recherche de textes fiables de ses pièces animait toute la discipline.

Les plus grands bibliographes shakespeariens, en particulier Greg et Charlton Hinman, tenaient compte de ces irrégularités. L'étude suprême consacrée à un livre de l'époque de Shakespeare, *The Printing and Proof-Reading of the First Folio of Shakespeare* (1963) de Hinman, montrait comment le Premier Folio était venu au jour, forme après forme, alors que d'autres livres étaient imprimés dans le même atelier. En une occasion, Hinman emploie même le terme « production simultanée ». Mais la plupart des bibliographes prenaient comme unité d'analyse le livre individuel plutôt que la production de l'atelier entier, et ce type de raisonnement, valable dans certaines limites, les conduisit à enchaîner des hypothèses discutables sur les hommes qui avaient imprimé les premiers exemplaires des pièces de Shakespeare. Aux ouvriers en chair et en os — artisans préindustriels qui travaillaient par à-coups et interrompaient leur labeur pour des beuveries avec des gens comme Falstaff et Mistress Quickly —, ils ont substitué des abstractions fantomatiques comme le Compositeur B, entouré de A, de C et d'autres, qui étaient censées avoir produit les in-quarto et les folios à un rythme régulier, selon les principes de la science bibliographique.

Cela ne signifiait pas que ces êtres imaginaires travaillaient comme des robots. Au contraire, il semblait possible de démontrer qu'un individu avait une orthographe étonnamment erratique, qu'un autre confondait fréquemment les homonymes, qu'un troisième travaillait à partir d'une fonte de caractères inappropriée et que tous parsemaient de signes idiosyncrasiques les pages selon des schémas qui différenciaient leur ouvrage de celui de Shakespeare. En identifiant les passages qu'ils avaient dénaturés — dans le cas du *Marchand de Venise* du Compositeur B, quarante mots ou expressions de son cru substitués à ceux de l'auteur —, les bibliographes espéraient isoler les éléments étrangers dans les plus grandes œuvres de la langue anglaise. C'était un processus d'élimination essentiellement négatif dans sa démarche, mais qui rapprochait le lecteur moderne de ce que Shakespeare avait véritablement écrit.

Cependant, si l'atelier d'imprimerie fonctionnait selon le principe d'une production simultanée, il devenait difficile de déterminer des schémas précis de fabrication ; on ne pouvait plus associer des passages spécifiques à des compositeurs particuliers avec une totale assurance ; et la chaîne des inférences risquait de se briser en des points cruciaux. A, B, C et les autres n'étaient peut-être que le fruit de l'imagination enfiévrée des bibliographes, de simples *printers of the mind*, des « imprimeurs de l'esprit », pour reprendre le titre que McKenzie donna en 1969 à un essai qui ébranla tel un tremblement de terre le monde des salles de livres anciens. Au cours de la décennie suivante, les spécialistes débattirent des principes de la bibliographie avec cette passion que les universitaires sont capables de mettre dans les questions d'ordre intellectuel. Ces discussions furent en général ignorées du reste du monde qui avait à l'époque bien d'autres choses à l'esprit. Mais pour les bibliographes, les enjeux étaient énormes. McKenzie avait, semble-t-il, révélé une faille sismique qui traversait toute leur discipline.

Les bibliographes orthodoxes défendirent leurs positions en usant de deux arguments : tout d'abord, on ne pouvait considérer la Cambridge University Press, petite entreprise spécialisée, comme représentative des activités des ateliers plus importants de Londres presque un siècle plus tôt ; deuxièmement, les documents d'archives n'invalidaient pas le principe fondamental d'utiliser l'analyse des livres comme objets physiques pour tirer des conclusions sur leur processus d'impression — en particulier dans le cas des premières éditions de Shakespeare, car c'était ce qui enflammait la polémique. Si la bibliographie ne pouvait apporter de méthode fiable pour l'édition des textes de Shakespeare, à quoi pouvait-elle bien servir ?

McKenzie eut raison du premier argument en puisant dans les papiers, découverts en 1963, de William Bowyer, un important imprimeur londonien. Ces documents confirmaient le principe de la production simultanée et montraient des schémas encore plus complexes et irréguliers dans le flux du travail qui était fréquemment partagé entre plusieurs ateliers ainsi qu'entre plusieurs ouvriers. Quelques années plus tard, Jacques Rychner démontra que l'analyse de McKenzie valait également pour la production des livres dans l'atelier d'imprimerie de la Société typographique de Neuchâtel en Suisse. Certes, les archives à Cambridge, Londres et Neuchâtel dataient toutes du XVIIIe siècle, mais la technologie de l'imprimerie n'avait pas connu de changements significatifs de 1500 (ou peut-être même depuis Gutenberg) jusqu'en 1800. Toutes ces sources manuscrites — et des documents complémentaires de deux autres imprimeurs londoniens du XVIIIe siècle, William Strahan et Charles Ackers — prouvaient que McKenzie avait vu juste : la production dans les ateliers d'imprimerie du début de l'époque moderne ne suivait pas le schéma régulier que lui avait attribué la bibliographie orthodoxe.

Mais les matériaux manuscrits du XVIIIe siècle pouvaient-ils discréditer les arguments fondés sur l'analyse matérielle des in-quarto et des folios shakespeariens ? McKenzie n'alla jamais aussi loin. En fait, il donna la description la plus complète de la façon dont le Compositeur B avait bâclé *Le Marchand de Venise*. Il n'y avait rien de mal en principe à attribuer des passages particuliers à des compositeurs dénommés A ou B ou tout autrement. Nous savons même certaines choses sur les véritables individus qui travaillaient dans l'atelier d'imprimerie de William Jaggard où fut produit le Premier Folio en 1622-1623 — y compris le fait qu'un John Shakespeare, apparemment non apparenté à William, avait servi comme apprenti chez Jaggard de 1610 à 1617. En étudiant minutieusement le Folio, cahier après cahier, Hinman pensa avoir trouvé un moyen d'identifier les compositeurs derrière le texte et parvenir ainsi à « [...] se rapprocher un peu de la vérité de ce que Shakespeare avait écrit[5] ».

Quarante ans après la publication de son essai, *The Printing and Proof-Reading of the First Folio of Shakespeare*, il semble que Hinman, lui aussi, ait eu raison. L'étude la plus récente du Folio par Peter Blayney, un partisan de McKenzie, a confirmé presque toutes ses conclusions. Blayney a identifié quelques autres compositeurs et modifié la description de la relecture d'épreuves donnée par Hinman. Il apparaît à présent que les comédiens de la troupe de

Shakespeare avaient corrigé les épreuves avant que les compositeurs n'eussent ajouté les toutes dernières corrections pendant l'impression. La première édition comportait trois tirages distincts : l'un d'eux comptait trente-cinq pièces ; un autre trente-six avec *Troïlus et Cressida,* mais sans son prologue ; et un dernier trente-six avec *Troïlus,* le prologue et tout le reste. Les imprimeurs avaient éparpillé des indices pour ces irrégularités en laissant des marques dans le texte. Dans certains cas, ils avaient biffé une page redondante de *Roméo et Juliette.* Dans d'autres, ils avaient laissé des corrections rajoutées à la main pendant la lecture finale des épreuves. Le texte changeait continuellement et ne cessait de glisser morphologiquement d'un état à un autre.

La leçon tirée du « livre unique le plus important de la littérature anglaise », ainsi que le dit Helen Gardner[6], portait sur un problème plus vaste posé par les hérésies apparentes de McKenzie : la bibliographie permettait peut-être de résoudre certaines difficultés propres à l'édition de l'œuvre de Shakespeare, mais en quoi pouvait-elle contribuer à la compréhension générale de la littérature ? McKenzie lui-même s'intéressa à ce problème dans un essai de 1977, « Typography and Meaning : The Case of William Congreve », dont l'influence fut presque aussi grande que celle de « Printers of the Mind ».

Congreve était un cas particulièrement intéressant à étudier car il chevauchait deux périodes typographiques. La première édition de ses pièces, des in-quarto imprimés sans grand soin dans les années 1690, était presque aussi grossière que les in-quarto de Shakespeare, alors que l'édition in-octavo de ses œuvres en trois volumes en 1710 avait le caractère imposant d'un classique. Laquelle préférer, celle du XVIIe siècle ou celle du XVIIIe ? McKenzie se trouva placé devant ce choix en préparant une édition critique des œuvres. Il commença par rejeter la célèbre distinction de Greg entre « substantifs », ou texte fondamental d'une pièce, et « accidents », c'est-à-dire les éléments typographiques tels que les ornements ou les espaces supplémentaires ajoutés par l'imprimeur pour séparer les scènes d'une pièce. Pour Greg, les accidents étaient simplement une affaire de présentation et n'affectaient pas le sens du texte. Pour McKenzie, ils étaient essentiels parce qu'ils traduisaient la différence entre deux types d'expérience : assister à une représentation au théâtre et lire un texte sur une page. Quels qu'aient été les effets que le dramaturge ait eus à l'esprit alors qu'il composait sa pièce, celle-ci prenait un sens nouveau en devenant un livre dans la mesure où l'action dramatique était à présent imaginée par les lecteurs à partir d'indices typographiques.

Congreve participa consciemment au passage d'un médium à un autre car, en 1710, il avait cessé d'écrire pour la scène et se consacrait à la publication de ses pièces. L'édition in-octavo de ses œuvres établit un critère pour la nouvelle forme de livre qui prévalut au XVIIIe siècle. À la différence des encombrants folios et des in-quarto bâclés de l'ère précédente, ce livre était assez petit pour être tenu dans une main et assez élégant pour flatter les goûts d'une nouvelle société de consommateurs. Congreve élimina certains des passages les plus gaillards, mais il conserva l'essentiel des textes originaux. Ce qui leur donnait un sens nouveau, c'était la conception du livre, projet élaboré par Congreve en collaboration avec son ami proche et éditeur, Jacob Tonson, et le très compétent imprimeur de celui-ci, John Watts.

En employant des feuilles plus grandes (mais des pages plus petites, une feuille in-octavo étant pliée trois fois, au lieu de deux pour l'in-quarto, avant d'être assemblée en un volume) et un espacement plus équilibré, ils donnèrent au livre une symétrie raffinée. Le passage d'une scène à l'autre n'était plus signalé par les indications minimales des anciens in-quarto — qui se résumaient en général à « entre[nt] » ou « sort[ent] » —, mais au moyen de nombres, d'ornements typographiques et de listes de personnages. Le lecteur pouvait donc imaginer qui était en scène à un moment donné et voir comment toutes les parties s'intégraient dans un ensemble. Les actes, les pièces, l'œuvre entière s'articulaient clairement comme c'est le cas pour l'architecture néoclassique. Congreve prenait sa place aux côtés de Shakespeare — qui avait été publié sous un habillage typographique semblable un an plus tôt — dans ce qui commençait à apparaître comme un canon des textes classiques.

À cet endroit, l'argument de McKenzie convergeait avec des thèmes qui s'étaient développés dans un champ de recherches voisin, l'histoire du livre. À la différence des bibliographes, les historiens du livre étudiaient tous les aspects de la production et de la diffusion du verbe imprimé, y compris leurs rapports avec les changements politiques et sociaux. Pour eux, 1710 représentait un tournant dans l'histoire du droit d'auteur. C'était l'année où le Parlement avait adopté la première loi du copyright intitulée « Loi pour l'encouragement du savoir prévoyant que les exemplaires des livres imprimés seront placés sous la garde des auteurs ou des ayants droit pendant les durées ici mentionnées ». Ainsi que l'indiquait son titre, la loi accordait aux auteurs une nouvelle prééminence. Bien qu'elle ne les mentionnât pas réellement dans son texte, elle reconnaissait leur droit de propriété sur le produit de leur imagination. Alexander Pope montra que les écrivains pouvaient vivre de la vente de ces droits. Au milieu du siècle, Samuel Johnson incarna l'écrivain professionnel qui vivait de sa plume et non du mécénat, et qui se glorifiait de répondre à la demande du marché littéraire. La littérature elle-même émergea comme un système semi-autonome, organisé autour du livre imprimé, au rebours de ce qu'avait été le monde des lettres des XVIe et XVIIe siècles. Sous les Tudors et les Stuarts, la communication dans la sphère publique passait pour l'essentiel par des représentations ou des spectacles — sur la scène, du haut des chaires, à la Cour et dans les rues. Dans l'Angleterre georgienne, l'imprimé prédomina, même si les livres manuscrits continuèrent à prospérer (tiré à moins de cent exemplaires, un livre pouvait être produit à moindre coût par des scribes que par des imprimeurs) et si les nouvelles circulaient encore de bouche à oreille.

La publication de Congreve s'inscrivait donc dans un processus général — la transformation des lettres en littérature — et McKenzie annonçait qu'il fallait la comprendre dans une perspective large qu'il nommait « sociologie des textes ». Rien ne pouvait être plus éloigné de la discipline de Greg et de McKerrow que ce passage de la science à la sociologie ; mais cela ouvrait une voie pour que la bibliographie anglo-américaine fît sa jonction avec l'histoire du livre française, cette grande diversité de travaux consacrés au livre mise en œuvre par Lucien Febvre et Henri-Jean Martin. Dans *L'Apparition du livre* (1958), ils associaient l'impact de l'invention de Gutenberg à des phénomènes sociaux et économiques à long terme, tels que l'organisation des scriptoria, le prix des chiffons et du parchemin, et le développement des voies commerciales. Ils soulignaient la nécessité de données quantitatives afin de comparer la continuité au changement. Et, en partisans de l'école historique des *Annales*, ils repéraient des schémas à long terme de stabilité structurelle, ce qui les conduisit à remettre en question les certitudes établies, dont la croyance que Gutenberg avait provoqué une révolution immédiate dans l'industrie de l'édition.

McKenzie tenta quelque chose de comparable en passant de l'analyse fine des livres, à titre individuel, à l'étude du commerce du livre à Londres, qu'il examina en puisant dans tous les documents qui subsistaient de trois années différentes, 1644, 1668 et 1689. Des recherches de cette ampleur exigeaient une quantité prodigieuse de travail, McKenzie combinant la quantification de sa source principale, le catalogue D. G. Wing qui recensait les titres abrégés des livres publiés entre 1641 et 1700, à l'étude de chaque exemplaire qu'il put localiser dans les grandes bibliothèques de recherche. En comptant le nombre de feuillets dans chaque exemplaire, il parvint à faire une meilleure estimation de la production totale qu'en comptant simplement les titres, et obtint une vue d'ensemble du paysage littéraire sous l'angle de la productivité et de l'économie.

Pour 1668, Wing et quelques sources supplémentaires fournirent un total de 491 titres dont 458 furent matériellement étudiés par McKenzie. Il ne put donner une description analytique complète de chacun d'eux, mais son œil expert décela toutes sortes de tendances et d'étrangetés. Le nom des imprimeurs n'apparaissait que sur moins de la moitié des pages de titre. Les rééditions comptaient pour presque un tiers de la production totale. Et 52 livres seulement comportaient une forme quelconque de licence ou d'autorisation officielle de publication, malgré les exigences du Licensing Act de 1662. Le souci majeur des libraires était de protéger leurs droits et ils pouvaient le faire au moyen d'« associations » informelles telles que des arrangements conjoints pour la commercialisation et la vente. Les choses se passaient comme si imprimeurs et marchands s'adonnaient à leurs affaires sans prêter grande attention à la politique et sans avoir de désir réel d'innovation.

Les intérêts commerciaux conservateurs dominaient le commerce même pendant les périodes révolutionnaires. En examinant presque tout ce qui fut publié en 1644 à l'apogée de la guerre civile anglaise, McKenzie observa un degré surprenant de continuité dans la production d'ensemble. Il rejeta l'argument avancé par Christopher Hill et Keith Thomas, selon lequel le début des années 1640 connut une explosion sans précédent de littérature politique due à la liberté de la presse. Ni la fin du contrôle de l'État en 1641 ni son rétablissement en 1643 n'eurent beaucoup d'effets sur le commerce du livre, soutint McKenzie, parce que les libraires continuèrent à rechercher des profits selon des moyens familiers sans se préoccuper des modifications de la loi. Même l'*Areopagitica* de Milton, communément salué comme un manifeste pour une presse libre, n'était pas une protestation contre la loi d'autorisation de 1643, mais plutôt une réponse au harcèlement concernant les tracts de son auteur sur le divorce.

Lorsque la révolution de 1688 produisit un autre changement des règles du jeu et que la censure préalable cessa en 1695, McKenzie constata de nouveau la prévalence de la continuité et des intérêts économiques plutôt que le triomphe de la liberté. La Compagnie des imprimeurs perdit son monopole du commerce du livre, mais ses membres continuèrent à dominer le métier au moyen d'alliances connues sous le nom de « *congers* ». Les auteurs eux-mêmes demeuraient insensibles aux changements du climat politique lorsqu'il s'agissait d'apparaître ouvertement devant le public en indiquant leurs noms sur la page de titre. Seulement 40 % des titres comportaient le nom de l'auteur en 1644 et 43 % en 1668. En Angleterre comme en France, la quantification conduisit à des résultats révisionnistes : les tendances socio-économiques sur le long terme semblaient plus importantes que les changements momentanés de la politique[7].

Shakespeare constitue bien sûr un cas particulier, mais la stabilité textuelle n'a jamais existé avant Internet. L'édition la plus largement répandue de l'*Encyclopédie* de Diderot, en France, au XVIIIe siècle, contenait des centaines de pages qui n'existaient pas dans l'originale. Son éditeur était un prêtre qui étoffa le texte d'extraits d'un sermon de son évêque afin d'obtenir la protection de ce dernier. Voltaire jugeait l'*Encyclopédie* si imparfaite qu'il conçut sa dernière grande œuvre, *Questions sur l'Encyclopédie*, comme une suite en neuf volumes à l'ouvrage de Diderot. Afin de pimenter son texte et d'en accroître la diffusion, il collabora, dans le dos de ses propres éditeurs, avec des pirates en ajoutant des passages aux éditions qu'ils publiaient.

Ainsi que nous l'apprend l'histoire du livre, Voltaire joua si bien avec ses textes que les libraires se plaignirent. À peine avaient-ils vendu une édition d'un ouvrage, qu'une autre paraissait avec des ajouts et des corrections de l'auteur. Leurs clients protestaient. Certains annoncèrent même qu'ils n'achèteraient pas d'édition des œuvres complètes de Voltaire — et il en existait beaucoup, toutes différentes — avant sa mort, événement anticipé avec empressement par les détaillants du commerce du livre.

Le piratage était si répandu au début de l'époque moderne en Europe que les meilleures ventes ne pouvaient connaître de grands succès de librairie comme c'est le cas aujourd'hui. Au lieu d'être tirés en grand nombre par un éditeur, les livres étaient imprimés simultanément en de multiples petites éditions par une foule d'éditeurs, chacun d'eux s'évertuant à tirer le meilleur parti d'un marché libre de tout copyright. Rares étaient les pirates qui se souciaient de produire des faux fidèles aux éditions originales. Ils abrégeaient, étoffaient et remaniaient les textes à leur guise, sans se soucier des intentions des auteurs. Ils se comportaient en déconstructionnistes avant la lettre.

Où le lecteur conclura de l'excursus que le rôle des bibliothèques devient essentiel à l'ère du numérique.

Les problèmes à résoudre aujourd'hui dépassent de loin le cadre des textes de Shakespeare et d'autres grands auteurs classiques. À l'heure des systèmes de communication de toutes sortes, Internet y compris, où les textes numérisés sont détachés de leurs ancrages dans des livres imprimés et où les courriers électroniques laissent des traces qui peuvent facilement disparaître, le problème de la stabilité du texte conduit à la question plus générale du rôle des bibliothèques universitaires à l'ère d'Internet.

Je ne saurais prétendre apporter des réponses simples, mais j'aimerais mettre cette question en perspective en discutant deux visions de la bibliothèque que je qualifierais de grandes illusions — grandes et en partie vraies.

Pour les étudiants des années 1950, les bibliothèques ressemblaient à des citadelles du savoir. La connaissance se présentait entre deux couvertures cartonnées et une bibliothèque prestigieuse semblait la contenir intégralement. Grimper les marches de la grande bibliothèque de New York, passer entre les lions de pierre qui en gardent l'entrée et pénétrer dans sa monumentale salle de lecture au deuxième étage était entrer dans un monde qui contenait toute chose connue. Le savoir arrivait classé en catégories standard que l'on pouvait rechercher dans un catalogue sur fiches et sur les pages des livres. Dans les universités, la bibliothèque se dressait au centre du campus ; c'était le bâtiment le plus important, un temple orné de colonnes néoclassiques où l'on lisait en silence : aucun bruit, aucune nourriture, aucune distraction sinon un regard furtif lancé à un(e) petit(e) ami(e) éventuel(le) plongé(e) tranquillement dans un livre.

Aujourd'hui encore, les étudiants respectent leurs bibliothèques mais, sur certains campus, les salles de lecture sont presque désertes. Afin d'y ramener des lecteurs, les bibliothécaires leur offrent des fauteuils pour se prélasser ou bavarder, voire des boissons et des en-cas, sans plus se soucier des miettes. Les étudiants modernes ou postmodernes font l'essentiel de leurs recherches sur ordinateur dans leur chambre ; pour eux, la connaissance arrive en ligne et non par les bibliothèques. Ils savent que celles-ci ne pourraient jamais la détenir entièrement entre leurs murs car l'information est infinie et s'étend partout sur Internet, et que pour la trouver il faut un moteur de recherche, non un catalogue sur fiches. Mais il se peut qu'il s'agisse là aussi d'une grande illusion. Ces deux visions, la bibliothèque comme citadelle et Internet comme espace ouvert, posent le problème de Google Book Search.

En 2006, Google signait des accords avec cinq grandes bibliothèques de recherche pour numériser leurs livres — les bibliothèques de New York, des universités de Harvard, du Michigan et de Stanford, et la bodléienne d'Oxford. Les ouvrages sous copyright posèrent une difficulté qu'aggravèrent bientôt les procès intentés par des éditeurs et des auteurs. Mais, cela mis à part, la proposition de Google semblait offrir un moyen de rendre l'ensemble du savoir livresque accessible à tout le monde, ou du moins aux gens suffisamment privilégiés pour avoir accès à la Toile. Cela s'annonçait comme le stade ultime de la démocratisation du savoir lancée par l'invention de l'écriture, le codex, les caractères d'imprimerie mobiles et Internet.

À présent, je vais m'exprimer en adepte enthousiaste de Google, bien que ses tendances monopolistiques m'inquiètent. Je crois que Google Book Search rendra vraiment le savoir livresque accessible à une échelle mondiale nouvelle malgré la grande fracture numérique entre les pauvres et les gens qui disposent d'un ordinateur. Ce service offrira également des possibilités de recherche impliquant des masses considérables de données qui ne pourraient jamais être maîtrisées sans la numérisation. Comme exemple de ce que l'avenir nous réserve, je citerai l'*Electronic Enlightenment*, la numérisation des correspondances de Voltaire, de Rousseau, de Franklin et de Jefferson sous le parrainage de la Voltaire Foundation d'Oxford. Les correspondances de beaucoup d'autres philosophes, de Locke et Bayle à Bentham et Bernardin de Saint-Pierre, seront intégrées à cette base de données de sorte que les chercheurs pourront retrouver des références aux individus, aux livres et aux idées dans tout le réseau d'échange épistolaire qui sous-tendait le monde des Lumières. De nombreux projets semblables — en particulier *American Memory* parrainé par la bibliothèque du Congrès[8], et *The Valley of the Shadow* créé à l'université de Virginie[9] — ont démontré la faisabilité et l'utilité de bases de données à cette échelle. Mais leur succès ne prouve pas que Google Book Search, l'entreprise la plus ambitieuse de toutes, vouera les bibliothèques de recherche à l'obsolescence. Au contraire, Google les rendra plus importantes que jamais. Pour étayer cette vue, j'aimerais organiser mon propos autour de huit points.

— *Selon les prétentions les plus utopiques de ses adeptes, Google est capable de prendre en ligne quasiment tous les livres existants.*

Ces prétentions sont trompeuses et elles accroissent le danger de créer un faux sentiment d'assurance en nous incitant à négliger nos bibliothèques. Quel pourcentage de livres aux États-Unis — sans compter le reste du monde — Google numérisera-t-il ? 75 % ? 50 % ? 25 % ? Même si le chiffre est de 90 %, les ouvrages restants non numérisés pourraient se révéler importants. J'ai récemment découvert un extraordinaire roman libertin, *Les Bohémiens*, d'un auteur inconnu, le marquis de Pelleport, qui le rédigea à la Bastille à l'époque même où le marquis de Sade écrivait ses romans dans une cellule voisine. Je pense que le livre de Pelleport, publié en 1790, est bien supérieur à tout ce qu'a écrit Sade ; et, quels que soient ses mérites littéraires, il éclaire bien des choses sur la condition des écrivains dans la France prérévolutionnaire. Cependant, il n'en existe, à ma connaissance, que six exemplaires et aucun n'est disponible sur Internet[10]. (La bibliothèque du Congrès, qui en détient un exemplaire, n'a pas ouvert ses fonds à Google.)

Si Google manquait cet ouvrage, et d'autres comme lui, le chercheur qui se fierait à ses services serait à jamais incapable de localiser des œuvres d'un grand intérêt. Les critères d'importance varient d'une génération à une autre et nous ne pouvons donc savoir ce qui importera à nos descendants. Ils peuvent apprendre beaucoup de l'étude de nos romans à l'eau de rose, des manuels d'informatique ou des annuaires téléphoniques. Les spécialistes en littérature et les historiens dépendent beaucoup des recherches dans les almanachs, les livres de colportage et les autres formes de littérature « populaire », et cependant peu de ces ouvrages du XVIIe et du XVIIIe siècle ont survécu. Ils étaient imprimés sur du papier à bon marché, vendus sous des couvertures fragiles, lus jusqu'à tomber en poussière, et méprisés par les collectionneurs et les bibliothécaires qui ne les considéraient pas comme de la « littérature ». Un chercheur, à Trinity College, Dublin, a récemment découvert un tiroir empli de livres de ballades, chacun en un unique exemplaire connu à ce jour, trésor inestimable aux yeux du spécialiste moderne bien qu'il ait paru sans valeur aucune il y a deux siècles.

— *Bien que Google ait poursuivi une stratégie intelligente en signant un accord avec cinq grandes bibliothèques, leurs fonds réunis ne sauraient épuiser le stock des livres existant aux États-Unis.*

Contrairement à ce que l'on pourrait escompter, il y a peu de doublons dans les fonds de ces cinq bibliothèques : 60 % des livres numérisés par Google n'existent que dans l'une d'entre elles. On compte environ 543 millions de volumes dans les bibliothèques de recherche américaines. Google, à ce que l'on sait, a entrepris dans son projet initial d'en numériser 15 millions. Alors que la société poursuit ses alliances avec d'autres bibliothèques — au dernier décompte, trente et une bibliothèques américaines participent à Google Book Search — sa base de données numériques accroîtra sa représentativité. Mais elle ne s'est pas encore aventurée dans les fonds particuliers où l'on trouve les livres les plus rares. Et, bien sûr, la totalité de la littérature mondiale — l'ensemble des livres écrits dans toutes les langues — échappe à la capacité de numérisation de Google.

— *Bien qu'il faille espérer que les éditeurs, les auteurs et Google régleront leur différend, il est difficile d'envisager que le copyright puisse cesser de poser un problème.*

Selon la loi sur le copyright de 1976 et la loi sur son extension dite « Mickey Mouse » de 1998, la plupart des livres publiés après 1923 sont actuellement couverts par le droit d'auteur et celui-ci s'étend au vivant de l'auteur prolongé d'une période de soixante-dix ans après sa mort. Google permettra aux lecteurs de consulter le texte intégral des ouvrages tombés dans le domaine public et d'en imprimer chaque page, mais ne présentera qu'une partie de ceux sous copyright. Il se peut que l'entreprise persuade les éditeurs et les auteurs de céder leurs droits sur les livres publiés entre 1923 et le passé récent, mais obtiendra-t-elle qu'ils modifient leurs droits pour la période actuelle et dans l'avenir ? En 2006, il s'est publié 291 920 nouveaux titres aux États-Unis, et le nombre de livres imprimés a augmenté presque chaque année au cours de la dernière décennie, malgré l'expansion de la publication numérique. Comment Google peut-il suivre la production actuelle tout en numérisant tous les livres accumulés au cours des siècles ? Il vaudrait mieux développer les acquisitions de nos bibliothèques de recherche que de nous fier à Google pour conserver les livres à venir pour les générations futures. L'entreprise définit sa mission en termes de communication d'informations — à l'instant même, aujourd'hui ; elle ne s'engage pas à conserver indéfiniment les textes.

— *Les entreprises déclinent rapidement dans l'univers de l'électronique où les mutations sont incessantes.*

Google peut disparaître ou se voir éclipser par une forme de technologie encore plus puissante qui rendrait sa base de données inaccessible et dépassée à l'instar de beaucoup de nos vieux CD-ROM et disquettes de stockage. Les entreprises d'électronique vont et viennent alors que les bibliothèques de recherche, elles, durent des siècles. Mieux vaut les consolider que les déclarer dépassées, car l'obsolescence s'inscrit au cœur même des médias électroniques.

— *Google commettra des erreurs.*

Malgré son souci de contrôle de la qualité, Google mélangera les livres, omettra des pages, donnera des images floues et se verra empêché de diverses façons de reproduire les textes parfaitement. Jadis nous avons cru que le microfilm résoudrait le problème de la conservation des textes. Aujourd'hui nous savons à quoi nous en tenir.

— *Comme dans le cas du microfilm, rien ne garantit que les copies faites par Google résisteront au temps.*

Les bits se dégradent avec le temps. Les documents se perdent dans le cyberespace à cause de l'obsolescence du support sur lequel ils sont cryptés. Matériels informatiques et logiciels disparaissent à un rythme angoissant. À moins que ne soit réglé le problème très contrariant de la conservation numérique, tous les textes « nés de la numérisation » appartiennent à une espèce menacée. Le désir obsessionnel de créer de nouveaux médias a inhibé les efforts pour préserver les anciens. Nous avons perdu 80 % des films muets et 50 % de tous les films produits avant la Seconde Guerre mondiale. Il n'est pas de meilleur mode de conservation que le papier imbibé d'encre, en particulier celui fabriqué avant le XIXe siècle, à l'exception des textes écrits sur parchemin ou gravés dans la pierre. Le meilleur système de conservation jamais inventé est le bon vieux livre de l'époque prémoderne.

— *Google envisage de numériser plusieurs versions de chaque livre en prenant ce qui lui tombe sous la main à mesure que les exemplaires apparaissent sur les rayonnages, à la chaîne en quelque sorte; mais les rendra-t-il tous accessibles ?*

Si tel est le cas, lequel de ces livres placera-t-il en haut de sa liste de recherche ? Le simple lecteur risque de se perdre en cherchant dans des milliers d'éditions différentes des pièces de Shakespeare et dépendra donc des éditions que Google rendra le plus facilement accessibles. Google définira-t-il son classement de pertinence des livres comme il classe les références pour toute autre chose, du dentifrice aux vedettes de cinéma ? Il possède actuellement un algorithme secret pour ordonner les pages d'Internet en fonction des consultations des pages qui leur sont liées et l'on peut supposer qu'il produira un algorithme semblable pour classer les demandes de livres. Mais rien ne laisse penser qu'il prendra en compte les critères prescrits par les bibliographes, tels que la première édition publiée ou l'édition qui correspond le mieux à l'intention exprimée de l'auteur. Google emploie des milliers d'informaticiens mais, pour autant que je le sache, pas un seul bibliographe. Son absence de toute préoccupation en matière de bibliographie est d'autant plus regrettable que la plupart des textes, ainsi que je l'ai dit, ont été instables au cours de la majeure partie de l'histoire de l'imprimerie. Aucun exemplaire d'un succès de librairie au

XVIIIe siècle ne saurait rendre justice de la diversité infinie des éditions. Les chercheurs sérieux devront étudier et comparer de nombreuses éditions, dans leurs versions originales, et non dans les reproductions numérisées choisies par Google selon des critères qui n'auront probablement rien à voir avec la science bibliographique.

— *Même si la page numérisée sur l'écran d'ordinateur est exacte, des aspects essentiels du livre lui manqueront toujours.*

Par exemple le format. La lecture d'un petit in-douze, conçu pour être tenu facilement dans une main, diffère beaucoup de celle d'un pesant folio posé sur un lutrin. Il est important d'avoir la sensation matérielle d'un livre — la texture de son papier, la qualité de son impression, la nature de sa reliure. Ses aspects physiques fournissent des indices sur son existence en tant qu'élément d'un système économique et social ; et, s'il comporte des notes en marge, il peut révéler bien des choses sur la place qu'il occupait dans la vie intellectuelle de ses lecteurs, ainsi que nous le verrons plus loin.

Les livres ont aussi des odeurs particulières. Selon un sondage récent auprès d'étudiants français, 43 % d'entre eux considèrent l'odeur comme l'une des qualités les plus importantes des livres imprimés, au point qu'ils répugnent à acheter des livres électroniques qui n'ont aucune odeur. CaféScribe, éditeur français en ligne, essaie de vaincre cette réaction en donnant à ses clients un autocollant qui émettra une odeur de renfermé et de vieillot lorsqu'ils l'apposeront sur leur ordinateur.

Quand je lis un livre ancien, je le présente à la lumière et je découvre souvent entre les fibres du papier de petits cercles dessinés par les gouttelettes tombées de la main du puiseur alors qu'il fabriquait la feuille, ou des fragments de chemises ou de jupons qui n'ont pas été convenablement broyés lors de la préparation de la pulpe. Un jour, j'ai trouvé l'empreinte d'un doigt de l'imprimeur dans la reliure d'une *Encyclopédie* du XVIIIe siècle — témoignage des astuces du métier d'imprimeur, celui-ci répandant parfois trop d'encre sur les caractères pour faciliter une impression en tirant sur le levier de la presse.

Cependant, j'ai conscience que des considérations de « toucher » et d'« odeur » peuvent ruiner mon argument. La plupart des lecteurs se soucient du texte, non de son support matériel ; et, en m'abandonnant à ma fascination pour l'imprimé et le papier, je risque de prêter le flanc à l'accusation de tomber dans le romanesque ou de réagir en érudit livresque et vieux jeu qui ne souhaite rien tant que de se retirer dans une salle de livres rares. J'aime ce genre de salles et même celles où l'on doit enfiler des gants avant de manipuler leurs trésors. Les collections de livres rares sont un élément vital des bibliothèques de recherche, élément le plus inaccessible à Google. Mais les bibliothèques fournissent aussi des endroits où les simples lecteurs peuvent s'immerger dans les livres, endroits tranquilles dans des cadres confortables, où le codex peut être apprécié dans toute sa singularité.

En fait, l'argument le plus fort pour le vieux livre, c'est son efficacité sur les lecteurs ordinaires. Grâce à Google, les universitaires peuvent chercher, naviguer, moissonner (*harvest*), utiliser des hyperliens (*deep link*), parcourir des pages Internet (la terminologie varie au même rythme que la technique) dans des millions de sites Internet et de textes numériques. Dans le même temps, quiconque souhaite trouver une bonne lecture peut prendre un volume imprimé et le feuilleter en toute liberté, en jouissant de la magie des mots inscrits à l'encre sur du papier. Aucun écran d'ordinateur ne donne de plaisir comme une page imprimée. Mais Internet apporte des données qui peuvent être transformées en un codex classique. Il a déjà fait de l'édition à la demande une entreprise prospère et promet de rendre les livres accessibles à partir d'ordinateurs qui fonctionneront comme des distributeurs automatiques de billets de banque : connectez-vous, commandez électroniquement et un volume imprimé et relié sort de la machine. Un jour peut-être un texte sur un écran qui tient dans la main satisfera l'œil tout autant qu'une page d'un codex fabriqué il y a deux mille ans.

Mais d'ici là, je dis : consolidez les bibliothèques, approvisionnez-les en imprimés, renforcez leurs salles de lecture, mais ne les considérez pas comme de simples entrepôts ou des musées. Tout en communiquant des livres, la plupart des grandes bibliothèques fonctionnent comme des centres nerveux de transmission d'impulsions électroniques. Elles acquièrent des ensembles de données, préservent des fonds numériques, assurent l'accès à des journaux scientifiques numériques et dirigent des systèmes d'information qui pénètrent loin dans les laboratoires et les études humanistes. Beaucoup d'entre elles partagent leurs richesses intellectuelles avec le reste du monde en permettant à Google de numériser leurs fonds d'imprimés. J'aimerais donc également dire : longue vie à Google, mais ne comptez pas le voir vivre assez longtemps pour remplacer nos vénérables bâtiments. En tant que citadelle du savoir et plate-forme pour l'aventure sur Internet, la bibliothèque de recherche mérite encore de se dresser au centre du campus et de se consacrer à préserver le passé et à accumuler de l'énergie pour l'avenir.

Chapitre IV

L'AVENIR DES BIBLIOTHÈQUES

Où l'on se demandera ce que pourrait être une République numérique des Lettres.

Quel est l'avenir des bibliothèques de recherche et comment nous y préparer? Ces questions ne sauraient être écartées sous prétexte qu'elles sont d'ordre théorique ou « universitaire » — du genre de celles que les professeurs triturent sans aucune conséquence pour les simples citoyens —, car elles touchent au cœur même de ce que tout individu recherche chaque jour : des informations et une aide pour tirer de celles-ci un savoir pertinent.

Quand je tente de prévoir l'avenir, je regarde le passé. Voici, par exemple, un récit fantaisiste et futuriste publié en 1771 par Louis Sébastien Mercier dans son traité utopique, *L'An 2440*, qui connut un grand succès de librairie. Mercier s'endort et se réveille dans un Paris tel qu'il existera sept siècles après sa naissance en 1740. Il se retrouve dans une société purgée de tous les maux de l'Ancien Régime. Dans un chapitre capital du volume un, il visite la Bibliothèque nationale, s'attendant à y voir des milliers de livres superbement disposés comme dans la Bibliothèque du roi sous Louis XV. Cependant, à sa stupéfaction, il ne découvre que quatre petites armoires dans un modeste cabinet. Qu'est-il arrivé à l'énorme masse d'imprimés qui s'était accumulée depuis le XVIIIe siècle, époque où elle était déjà devenue impossible à gérer ? demande-t-il. Nous l'avons brûlée, répond le bibliothécaire : cinquante mille dictionnaires, cent mille poèmes, huit cent mille volumes de droit, seize cent mille voyages, un milliard de romans. Une commission de lettrés vertueux les a tous lus, a éliminé les faussetés et ramené le tout à l'essentiel : quelques vérités et préceptes moraux fondamentaux qui tiennent facilement dans quatre armoires.

Mercier était un défenseur et un militant des Lumières, qui croyait fermement au verbe imprimé comme instrument de progrès. Il n'était en rien partisan de brûler les livres, mais son récit imaginaire exprimait un sentiment déjà fort au XVIIIe siècle et qui a pris aujourd'hui un caractère obsessionnel — le sentiment d'être submergé d'informations et d'être incapable de trouver les matériaux pertinents dans ce déluge de choses éphémères.

La solution à ce double problème pourrait bien être une bibliothèque sans livres. Au lieu des quelques armoires qui subsistent chez Mercier, elle contiendrait des terminaux d'ordinateur qui permettraient d'accéder à de gigantesques banques de données, et les lecteurs trouveraient ce qu'ils désirent au moyen de moteurs de recherche réglés à la perfection selon les algorithmes les plus récents.

Cette idée peut paraître exagérée, mais la chose est déjà en cours de réalisation, bien qu'elle ne se qualifie pas de bibliothèque. Cela s'appelle Google Book Search. En numérisant les fonds de dizaines de bibliothèques de recherche, Google crée une base de données constituée de millions de livres, si nombreux en fait qu'il aura bientôt construit une mégabibliothèque numérique plus impressionnante que tout ce qui a jamais été imaginé, sauf dans l'œuvre de Jorge Luis Borges.

Google et l'avenir du livre

Ces dernières années, Google a numérisé et mis en ligne des millions de livres, dont beaucoup, rappelons-le, sous copyright, puisés dans les collections des grandes bibliothèques de recherche. Ce projet, connu sous le nom de Google Book Search, a déclenché des poursuites en justice de la part d'un collectif d'auteurs et d'éditeurs qui dénonçaient la violation par Google de leurs droits patrimoniaux. Au terme de longues négociations, les deux parties sont convenues d'un accord qui pourrait avoir de sérieuses conséquences pour le monde du livre dans un avenir proche. Quel sera cet avenir ?

Nul ne le sait car l'accord est d'une complexité telle qu'il est difficile d'en discerner les contours juridiques et économiques dans ce nouvel espace. Mais ceux d'entre nous qui sont responsables de bibliothèques de recherche partagent un objectif commun clair : ouvrir nos fonds et les rendre accessibles aux lecteurs en tout lieu. Comment y parvenir ? La seule tactique envisageable est peut-être la vigilance : porter son regard aussi loin que possible vers l'avant et, sans se laisser distraire de sa route, ne pas oublier de jeter un coup d'œil dans le rétroviseur.

Lorsque je regarde en arrière, mon attention se fixe sur le XVIIIe siècle, celui des Lumières, sur sa foi en la puissance du savoir et sur le monde des idées où cette puissance opérait — ce que les esprits éclairés nommaient la République des Lettres, un territoire sans police ni frontières, et sans inégalités autres que celles des talents. N'importe qui pouvait en être membre pour peu qu'il exerçât les deux attributs majeurs de sa citoyenneté, l'écriture et la lecture. Les écrivains formulaient les idées et les lecteurs en appréciaient la pertinence. Portés par le pouvoir du verbe imprimé, les arguments se diffusaient en cercles concentriques et les plus convaincants l'emportaient. Le verbe se répandait aussi par les lettres manuscrites car le XVIIIe siècle fut un âge d'or pour les échanges épistolaires. Feuilletez la correspondance de Voltaire, de Jean-Jacques Rousseau, de Benjamin Franklin ou de Thomas Jefferson — une cinquantaine de volumes pour chacun d'eux — et vous pourrez observer la République des Lettres à l'œuvre. Ces quatre écrivains débattaient de tous les sujets de leur temps dans un flot ininterrompu de lettres qui sillonnaient l'Europe et l'Amérique et créaient entre les deux continents un réseau transatlantique d'informations.

J'affectionne tout particulièrement la correspondance entre Jefferson et James Madison. Ils parlent de tout et notamment de la Constitution américaine, à la rédaction de laquelle Madison collabore à Philadelphie alors que Jefferson représente la toute jeune république à Paris. Souvent ils parlent de livres car Jefferson adore hanter les librairies de la capitale des

Lettres et achète fréquemment des ouvrages pour son ami. L'*Encyclopédie* de Diderot comptait au nombre de ses acquisitions mais, alors que Jefferson pensait avoir fait une affaire, il avait pris une réédition pour le tirage original.

Deux futurs présidents des États-Unis qui discutent de livres sur la Toile des Lumières, l'image est fascinante. Mais, avant que l'émotion ne voile cette évocation du passé, j'aimerais préciser que la République des Lettres n'était démocratique que sur le papier. En réalité, elle était dominée par les riches et les bien nés. Loin de pouvoir vivre de leur plume, la plupart des écrivains se voyaient contraints de courtiser les mécènes, solliciter des sinécures, intriguer pour obtenir une place dans quelque gazette contrôlée par l'État, ruser avec la censure et se frayer un chemin dans les salons et les académies, là où les réputations se faisaient. Alors même qu'ils souffraient des humiliations que leur infligeaient les puissants, ils s'en prenaient les uns aux autres comme l'illustre la célèbre querelle entre Voltaire et Rousseau. Après avoir lu le *Discours sur l'origine et les fondements de l'inégalité parmi les hommes* de Rousseau en 1755, l'auteur de *Candide* lui écrivit : « J'ai reçu, Monsieur, votre nouveau livre contre le genre humain [...]. On n'a jamais employé tant d'esprit à vouloir nous rendre bêtes. Il prend envie de marcher à quatre pattes quand on lit votre ouvrage. » Cinq ans plus tard,

Rousseau lui répondait : « Monsieur, [...] je vous hais. »

Les différences sociales exacerbaient les conflits personnels. Loin d'être une agora égalitaire, la République des Lettres souffrait d'un mal qui rongeait toutes les sociétés du XVIIIe siècle : les privilèges, qui, par ailleurs, ne se limitaient pas à l'aristocratie. En France, ils concernaient tout ce qui composait le monde des idées, notamment l'imprimerie et la librairie dominées par des guildes très fermées, ainsi que les livres eux-mêmes qui ne pouvaient paraître qu'avec un privilège royal et l'approbation d'un censeur imprimés en toute page.

Il est possible d'analyser ce système en recourant à la sociologie du savoir, et plus particulièrement au concept développé par Pierre Bourdieu de la littérature comme champ de pouvoirs, où des positions s'opposent selon les règles d'un jeu plus ou moins dépendant des forces dominantes de la société. Mais il n'est nullement nécessaire de souscrire à l'école bourdieusienne pour reconnaître les liens qui existent entre littérature et pouvoir. Vues sous l'angle des acteurs, les réalités de la vie littéraire contredisaient les nobles idéaux des Lumières. En dépit de ses principes élevés, la République des Lettres, telle qu'elle fonctionnait, était un monde clos, inaccessible aux non-privilégiés. Et, cependant, ce sont les Lumières que je veux invoquer dans mon plaidoyer pour l'ouverture en général et le libre accès aux livres en particulier.

Si nous quittons le XVIIIe siècle pour revenir au présent, constatons-nous une contradiction semblable entre les principes et la réalité — ici même dans le monde des bibliothèques de recherche ? Une de mes collègues raconte avoir parfois entendu, après s'être présentée au cours d'une soirée, cette remarque condescendante : « Bibliothécaire, comme c'est bien... Et dites-moi, à quoi ça ressemble d'être bibliothécaire ? » Elle répond invariablement : « C'est avant tout une affaire d'argent et de pouvoir. »

Nous voilà revenus à Bourdieu. Cependant la plupart d'entre nous adhéreraient aux principes inscrits aux frontons de nos bibliothèques publiques. « Libre à tous », peut-on lire à l'entrée de la bibliothèque de Boston et, en lettres d'or sur le mur de la salle des administrateurs de la bibliothèque de New York, ces mots de Thomas Jefferson : « Je considère la diffusion des Lumières et de l'éducation comme le meilleur moyen d'améliorer la condition, de promouvoir la vertu et d'assurer le bonheur des hommes. » Nous nous retrouvons là au XVIIIe siècle.

Notre république s'est bâtie sur la foi en un principe central de la République des Lettres : la diffusion du savoir. Pour Jefferson, les Lumières passaient par les écrivains et les lecteurs, les livres et les bibliothèques — surtout celles du Congrès, de Monticello (où résidait Jefferson) et de l'université de Virginie. Cette foi est inscrite dans l'article premier, section 8, de la Constitution américaine, qui subordonne les droits d'auteur et les patentes — établis pour « une durée limitée » — au principe supérieur du « progrès de la science et des arts utiles ». Les Pères fondateurs reconnaissaient le droit des auteurs à une juste rétribution pour leur travail intellectuel, mais affirmaient la prééminence de l'intérêt général sur l'intérêt privé.

Comment évaluer l'importance relative de ces deux valeurs ? Les auteurs de la Constitution n'ignoraient pas que le droit d'auteur avait été créé en Grande-Bretagne, en 1710, par la loi dite « Statute of Anne », afin de limiter les pratiques monopolistiques de la Stationers' Company (la Compagnie des imprimeurs) et également, ainsi que le proclamait son titre, afin d'« encourager l'éducation ». À cette époque, le Parlement fixait la durée du copyright, renouvelable une fois seulement, à quatorze ans. Les imprimeurs tentèrent, au cours d'une longue série de procès, de défendre leur monopole d'édition et de vente en arguant d'un droit exclusif et permanent. Mais ils perdirent définitivement leur cause en 1774 avec l'arrêt de l'affaire Donaldson contre Beckett.

Lorsque, treize ans plus tard, les Américains

se réunirent pour rédiger une Constitution, ils adoptèrent le point de vue qui avait prédominé en Grande-Bretagne. Un délai de vingt-huit ans semblait bien assez long pour protéger les intérêts des auteurs et des éditeurs. Au-delà, l'intérêt public devait prévaloir. En 1790, le premier Copyright Act, qui visait également à « encourager l'éducation », s'inspira de la pratique britannique en adoptant une période de quatorze ans renouvelable une fois.

Sur quelle durée s'étend aujourd'hui le copyright ? Selon le Sonny Bono Copyright Term Extension Act de 1998 (aussi appelée « loi Mickey Mouse » car le personnage de Walt Disney était alors sur le point de tomber dans le domaine public), le copyright s'applique à une œuvre aussi longtemps que l'auteur est en vie, puis soixante-dix ans encore après sa mort. Dans les faits, cela peut signifier pendant plus d'un siècle. La grande majorité des livres américains publiés au XXe siècle n'est donc toujours pas tombée dans le domaine public. Sur Internet, le libre accès à notre héritage culturel ne s'exerce en général que jusqu'au 1er janvier 1923, date à compter de laquelle un nombre important d'ouvrages restent soumis aux lois sur le copyright. Il en sera ainsi pour un bon moment — à moins que des groupes privés ne prennent en main la numérisation, la conditionnent et la commercialisent au profit de leurs actionnaires. Pour l'instant, par exemple, *Babbitt*, le roman de Sinclair Lewis publié en 1922, appartient au domaine public, alors qu'*Elmer Gantry*, publié en 1927, reste protégé par le copyright jusqu'en 2022[1].

Passer des grands principes défendus par les Pères fondateurs aux mœurs de l'industrie culturelle d'aujourd'hui, c'est tomber du royaume des Lumières dans le marigot du capitalisme d'entreprise. Si nous appliquions la sociologie du savoir au présent — ainsi que Bourdieu l'a fait —, nous constaterions que nous vivons dans un monde conçu par un Mickey Mouse sans état d'âme.

Ce rappel à la réalité fait-il des principes des Lumières une espèce de fantaisie historique ? Réexaminons le passé. Alors que les Lumières s'estompaient au début du XIXe siècle, le professionnalisme s'installait. On peut suivre ce processus en comparant l'*Encyclopédie* de Diderot, qui organisait le savoir en un tout organique guidé par la raison, à l'*Encyclopédie méthodique* de Charles-Joseph Panckoucke qui, à la fin du XVIIIe siècle, divisait le savoir en domaines que nous pouvons aisément reconnaître aujourd'hui : chimie, physique, histoire, mathématiques, etc. Au XIXe siècle, ces domaines se transformèrent en professions certifiées par des doctorats et défendues par des associations spécialisées, et devinrent ensuite des départements universitaires qui, au siècle suivant, découpaient l'université avec la chimie dans un bâtiment, la physique dans un autre, l'histoire ici, les mathématiques là et, au centre de ce territoire, une bibliothèque, en général construite pour ressembler à un temple du savoir.

Au cours de ce processus, des revues professionnelles, produites par des sociétés savantes et achetées par les bibliothèques, se multiplièrent dans tous ces domaines, eux-mêmes subdivisés en spécialités et sous-spécialités. Ce système fonctionna fort bien pendant une centaine d'années jusqu'au jour où les grands éditeurs s'aperçurent qu'ils pourraient gagner beaucoup d'argent en vendant des abonnements à ces revues. Une fois qu'une bibliothèque s'est abonnée, étudiants et professeurs s'attendent à recevoir un flux ininterrompu de publications. Le tarif d'abonnement peut être augmenté sans entraîner de résiliation puisque c'est l'institution qui paie et non les lecteurs. Qui plus est, les contributeurs de ces revues sont les professeurs qui travaillent gratuitement ou presque. Ils rédigent les articles, contrôlent les textes soumis, siègent dans les comités éditoriaux, en partie pour diffuser le savoir à la façon des Lumières, mais surtout pour assurer leur propre avancement de carrière.

Le résultat de cela se fait sentir dans le budget d'acquisitions des bibliothèques de recherche.

L'abonnement annuel au *Journal of Comparative Neurology* s'élève aujourd'hui à 25 910 dollars. Pour recevoir *Tetrahedron*, revue spécialisée en chimie bio-organique, il en coûte 17 969 dollars (ou 39 739 dollars en version complète avec les numéros spéciaux). En moyenne, l'abonnement annuel à une revue de chimie se monte à 3 490 dollars. Et cette réalité a des effets en chaîne désastreux sur la vie intellectuelle dans tout le monde du savoir. En raison du coût exponentiel des abonnements, les bibliothèques qui réservaient 50 % de leur budget d'acquisitions aux monographies (livres savants et thèses) ne leur en consacrent plus que 25 %, voire moins. Les presses universitaires, dont les ventes dépendent essentiellement des bibliothèques, ne peuvent plus couvrir leurs frais en publiant des monographies. Et les jeunes chercheurs dont la carrière dépend des publications qu'ils font sont aujourd'hui en péril.

Heureusement, ce tableau des dures réalités du monde du savoir s'estompe déjà. Biologistes, chimistes ou physiciens, mais aussi historiens, anthropologues ou spécialistes en littérature, ne vivent plus dans des sphères séparées. La vieille topographie du campus ne correspond plus aux activités des professeurs et des étudiants. Elle se redessine partout et, en maints endroits, les projets interdisciplinaires se transforment en structures solides. La bibliothèque reste au cœur des choses, mais elle pompe désormais ses éléments nutritifs dans toute l'université, souvent même jusqu'aux confins du cyberespace au moyen des réseaux électroniques.

La République des Lettres s'était transformée en république du savoir professionnalisée et elle s'ouvre à présent aux amateurs — au meilleur sens du terme, c'est-à-dire aux amoureux de la connaissance dans la population au sens large. L'ouverture s'opère partout grâce à des sites d'articles numérisés en « libre accès » et gratuits tels que Open Content Alliance, Open Knowledge Commons, OpenCourseWare, Internet Archive, ou des sites clairement amateurs comme Wikipédia. La démocratisation du savoir semble désormais à portée de main et nous pouvons réaliser pour de bon l'idéal des Lumières.

À ce stade, le lecteur est en droit de se demander si je ne suis pas en train de passer d'un genre typiquement américain, la lamentation, à un autre tout aussi caractéristique, l'enthousiasme candide. Il serait sans doute possible, je crois, de combiner les deux dans une démarche dialectique, s'il n'y avait le danger de la commercialisation. Quand des entreprises comme Google considèrent les bibliothèques, elles n'y voient pas simplement des temples du savoir, mais des actifs potentiels ou ce qu'elles nomment des gisements de « contenus » prêts à être exploités. Constituées au cours des siècles au prix d'efforts et de dépenses considérables, les collections des bibliothèques peuvent être numérisées à grande échelle pour un coût relativement modeste — quelques millions de dollars, certes, mais peu de chose comparé aux investissements qui ont permis leur création.

Les bibliothèques ont pour raison d'être la promotion du bien public, l'« encouragement du savoir », la connaissance « ouverte à tous ». Les entreprises sont là pour rapporter de l'argent à leurs actionnaires — chose positive, sans doute, si l'on considère qu'une économie de profits bénéficie également à l'intérêt général. Cependant, si nous autorisons la commercialisation des fonds de nos bibliothèques, nous ne pourrons éviter une contradiction fondamentale. Numériser les collections et les vendre en ligne sans se soucier de garantir un libre accès à tous reviendrait à répéter l'erreur qui fut commise lorsque les éditeurs s'emparèrent du marché des revues scientifiques, mais à une échelle bien plus grande puisque cela ferait d'Internet un instrument de privatisation d'un savoir qui appartient à la sphère publique. Nulle main invisible ne viendrait alors corriger le déséquilibre entre intérêt général et intérêt privé. Seul le public peut faire cela, mais qui le représente ? Certainement pas les législateurs qui ont adopté la « loi Mickey Mouse ».

On ne peut légiférer sur les Lumières, mais on peut fixer des règles du jeu pour protéger l'intérêt général que les bibliothèques représentent. Ce ne sont pas des entreprises, même si elles doivent amortir leurs coûts et avoir un plan de développement. Ce qui se passe n'est pas sans rappeler la devise de la compagnie d'électricité Con Edison à l'époque où elle défonçait les rues de New York pour installer ses réseaux : « Creuser nous devons. » Les bibliothèques affirment, elles : « Numériser nous devons. » Mais pas à n'importe quelle condition. Elles doivent le faire dans l'intérêt du public, c'est-à-dire en imposant aux entreprises qui numérisent leurs fonds des devoirs envers les citoyens.

Il serait naïf d'identifier la Toile aux Lumières. Elle représente un potentiel de diffusion du savoir qui excède largement tout ce que Jefferson avait pu imaginer. Mais pendant qu'Internet se construisait pas à pas, hyperlien par hyperlien, les entreprises commerciales ne sont pas restées inertes sur le banc de touche. Elles veulent contrôler le jeu, s'en emparer, le posséder. Leur combat pour la survie risque de donner naissance à un oligopole au pouvoir démesuré et, quel que soit le vainqueur, sa victoire pourrait signifier une défaite pour le bien public.

Que l'on ne se méprenne pas. Je sais que les

entreprises ont des devoirs à l'égard de leurs actionnaires, mais je crois que les auteurs ont droit à une rétribution pour leur travail de création et que les éditeurs méritent de gagner de l'argent pour la plus-value qu'ils apportent aux textes fournis par les auteurs. J'admire la magie des matériels informatiques, des logiciels, des moteurs de recherche, de la numérisation et des algorithmes de classement. Par ailleurs, je reconnais l'importance du copyright quoique je pense que le Congrès l'avait mieux défini en 1790 qu'en 1998.

Rester les bras croisés comme si l'on pouvait se fier aux forces du marché pour agir dans le sens de l'intérêt général serait une erreur. Nous devons nous impliquer, entrer dans le jeu et reconquérir les droits légitimes du public. Quand je dis « nous », je veux dire « Nous, le peuple », nous qui avons écrit la Constitution et qui devrions faire que les principes des Lumières régissent la réalité quotidienne de la société de l'information. Certes, nous devons numériser, mais surtout démocratiser en assurant un libre accès à notre héritage culturel. Comment ? En réécrivant les règles du jeu, en subordonnant les intérêts privés au bien public et en nous inspirant des premiers républicains pour instaurer une République numérique du savoir.

Ces réflexions utopiques me sont inspirées par le projet Google Book Search. Grâce à la numérisation des ouvrages provenant des bibliothèques universitaires, il est désormais possible, par exemple, de consulter et de télécharger une copie numérique de l'édition originale de *Middlemarch*, le roman de George Eliot paru en 1871, déposé à la Bodleian Library à Oxford. Tout le monde en a tiré avantage, y compris Google qui empochait de l'argent grâce aux publicités discrètes diffusées sur sa page d'accueil. Google a également numérisé un nombre toujours croissant de livres protégés par le copyright, dont elle a mis en ligne des extraits pour les internautes. En septembre et octobre 2005, un collectif d'auteurs et d'éditeurs a donc intenté une action en nom collectif contre Google pour violation de leurs droits patrimoniaux. Le 28 octobre 2008, après de longues négociations secrètes, les deux parties ont annoncé un accord qui reste soumis à l'approbation d'un tribunal de New York[2].

Ce texte prévoit la création d'une entreprise baptisée Book Rights Registry (« Registre des droits afférents aux livres »), chargée de représenter les intérêts des ayants droit. Google commercialisera l'accès à une gigantesque banque de données composée pour commencer d'ouvrages sous copyright, épuisés, provenant des bibliothèques universitaires. Instituts d'enseignement supérieur, universités et collectivités en tout genre pourront s'y connecter en souscrivant une « licence institutionnelle ». Une autre licence, dite d'« accès public », mettra ce fonds à la disposition des bibliothèques publiques et fournira gratuitement accès à la base sur un seul ordinateur. Et les personnes privées auront également accès à ce service et pourront imprimer les versions numériques des livres en achetant une « licence consommateur ». Google, par ailleurs, coopérera avec le Book Rights Registry pour répartir les revenus ainsi dégagés ; l'entreprise en conservera 37 %, tandis que 63 % seront distribués par le Registry entre les détenteurs de droits.

Parallèlement, l'entreprise poursuivra la mise en ligne d'ouvrages du domaine public que les usagers pourront consulter, télécharger et imprimer gratuitement.

Sur les sept millions de titres que le groupe aurait numérisés avant novembre 2008, un million serait dans le domaine public, un autre million sous copyright et toujours disponibles en librairies et enfin cinq millions également protégés par le copyright mais épuisés. C'est cette dernière catégorie qui fournira la grande masse des ouvrages accessibles par voie de « licence ».

Nombre de livres sous copyright et encore disponibles resteront exclus de la base de données, à moins que leurs ayants droit n'en décident autrement. Ils continueront donc à être vendus sous forme papier et pourraient être commercialisés en format numérique pour être consultés via la « licence consommateur » ou vendus sous forme de livres électroniques.

Après avoir lu l'accord passé entre Google, les auteurs et les éditeurs, et en avoir saisi le sens — tâche ardue car le document couvre cent trente-quatre pages et compte quinze appendices de subtilités juridiques —, on est abasourdi : voici un projet qui pourrait donner naissance à la plus grande bibliothèque du monde, numérique certes, mais qui éclipserait les établissements les plus prestigieux d'Europe et des États-Unis. De surcroît, Google, en appliquant les termes de l'accord passé avec les auteurs et les éditeurs, pourrait également devenir la plus vaste librairie de la planète, non pas sous la forme d'une chaîne de magasins mais comme fournisseur numérique, reléguant ainsi Amazon au rang de boutique de quartier.

Une entreprise de cette ampleur ne peut que susciter les deux types de réactions que j'ai évoquées : d'une part, un enthousiasme candide, d'autre part, des lamentations sur les dangers d'un pouvoir centralisé de contrôle de l'accès à l'information.

Comment rester insensible à la perspective de voir quasiment toutes les richesses des plus grandes bibliothèques universitaires américaines à portée de clic de tous les internautes du monde ? Non seulement la sorcellerie technologique de Google apporterait les livres aux lecteurs, mais elle offrirait également des possibilités extraordinaires de recherche, toute une gamme d'outils allant de la recherche lexicale directe à l'analyse complexe des textes. Sous certaines conditions, les établissements associés au projet seront en mesure d'utiliser les copies numériques de leurs ouvrages pour remplacer ceux qui ont été perdus ou abîmés. Google s'engage par ailleurs à mettre en forme les textes de manière à les rendre consultables par les lecteurs souffrant de handicaps.

Malheureusement, l'engagement pris par Google de fournir un accès libre à sa base de données sur un seul terminal d'ordinateur dans chaque bibliothèque publique est bardé de restrictions : les lecteurs désireux d'imprimer un texte sous copyright ne pourront le faire qu'en payant un forfait pour les ayants droit (alors même que Google à l'origine s'est proposé à les rétribuer) ; et un unique terminal d'accès ne saurait satisfaire la demande dans les grandes institutions. Mais la générosité de Google sera une aubaine pour les lecteurs des petites bibliothèques municipales qui disposeront d'un nombre de livres plus important qu'à la bibliothèque centrale de New York. Oui, Google pourrait bien réaliser le rêve des Lumières.

Mais le fera-t-il ? Les philosophes du XVIIIe siècle considéraient les situations de monopole comme le principal obstacle à la diffusion du savoir — non seulement les monopoles de façon générale, qui étouffaient le commerce selon Adam Smith et les physiocrates, mais les institutions monopolistiques comme la Compagnie des imprimeurs à Londres et la Chambre syndicale des libraires et des imprimeurs à Paris, qui étranglaient la libre circulation des livres.

Google n'est pas une corporation et n'a pas cherché à créer un monopole. La société se donne au contraire un objectif louable, promouvoir l'accès à l'information. Mais la forme juridique de l'accord qu'elle a signé la rend invulnérable à toute concurrence. La plupart des auteurs et des éditeurs qui détiennent des copyrights aux États-Unis sont automatiquement couverts par ce document. Ils peuvent choisir de s'exclure du dispositif mais, quoi qu'ils fassent, aucune autre entreprise de numérisation ne pourra voir le jour sans l'aval de chacun des ayants droit, chose quasi impossible, à moins de s'embourber dans une nouvelle action en nom collectif. Si l'opération de Google est approuvée par le tribunal — processus qui pourrait prendre encore deux ans —, cela assurerait à la société la mainmise sur la numérisation de presque tous les livres sous copyright aux États-Unis.

Cette issue n'avait pas été envisagée à l'origine. En réexaminant l'histoire de la numérisation à partir des années 1990, nous comprenons aujourd'hui que nous avons perdu une grande occasion. Une action du Congrès et de la bibliothèque du Congrès ou une vaste alliance des bibliothèques universitaires soutenue par une coalition de fondations aurait pu accomplir cette tâche à des coûts supportables et la concevoir de façon à privilégier l'intérêt public. En répartissant ces coûts de diverses manières — abonnement calculé sur la durée d'utilisation d'une banque de données ou ligne budgétaire dans le National Endowment for the Humanities (Fonds national pour les Humanités) ou dans les comptes de la bibliothèque du Congrès —, nous aurions pu assurer une rétribution légitime aux auteurs et aux éditeurs tout en ayant un fonds en libre accès ou consultable à un tarif raisonnable. Nous aurions ainsi créé une bibliothèque numérique nationale, équivalent moderne de la bibliothèque d'Alexandrie. Il est trop tard à présent. Non seulement nous n'avons pas saisi l'occasion, mais, pis encore, nous laissons à un procès privé le soin de régler un problème de politique publique — le contrôle de l'accès à l'information.

Pendant que les pouvoirs publics somnolaient, Google a pris l'initiative. L'entreprise n'a pas cherché à plaider devant les tribunaux ; elle s'est mise à la tâche et a scanné les livres des bibliothèques avec une telle efficacité qu'elle a éveillé d'autres appétits, ceux des auteurs et des éditeurs, avides de prendre leur part des profits potentiels. Il faut se garder de remettre en cause leur prétention à percevoir les droits qui leur sont dus, tout comme on ne devrait juger trop hâtivement des arguments des parties engagées dans le procès. La justice se prononcera sur la validité de l'accord, mais il s'agit essentiellement d'une question de répartition des profits, non de défense de l'intérêt public.

L'un des effets imprévus de cette affaire, c'est que Google va effectivement jouir d'un monopole — d'un nouveau genre certes, non pas sur l'acier ou les chemins de fer, mais sur l'accès à l'information —, et cela sans rival sérieux. Microsoft a renoncé depuis plusieurs mois à son grand projet de numérisation de livres, et les autres sociétés présentes sur le marché, comme Open Knowledge Commons (ex-Open Content Alliance) ou Internet Archive, sont insignifiantes au regard de Google. Ce dernier est la seule entreprise à disposer des moyens nécessaires pour une numérisation à grande échelle. Et grâce à l'accord négocié avec les auteurs et les éditeurs, il peut user de sa puissance financière tout en restant dans un cadre légal, car l'action en nom collectif couvre l'ensemble des ayants droit possibles. Aucune nouvelle société ne pourra se lancer dans la numérisation au sein de ce territoire protégé, même si elle en a les moyens matériels, car il lui faudrait reprendre les combats juridiques au départ. Si l'accord est entériné par le tribunal, Google sera délié de toute responsabilité en matière de copyright.

L'histoire de Google jusqu'à ce jour suggère que l'entreprise n'abusera pas de son pouvoir légal et fiscal. Mais que se passera-t-il si ses dirigeants actuels vendent leurs parts ou se retirent ? Le public le découvrira alors dans les prix que la nouvelle entité imposera, en particulier la tarification des licences de souscription. L'accord tel qu'il a été conclu laisse les coudées franches à la société pour négocier ses marchés avec chacun de ses clients, même si elle s'engage à respecter deux principes : « 1. L'ajustement des revenus versés aux ayants droit pour chaque ouvrage et chaque licence en fonction de l'indice du marché ; 2. L'assurance d'un large accès au public, notamment aux établissements d'enseignement supérieur. »

Que se passera-t-il si Google privilégie ses profits au détriment de l'accès ? Rien, à en juger par les dispositions de l'accord. Seul le Book Rights Registry, agissant au nom des ayants droit, a la capacité de peser sur les tarifs de souscription, mais il semble peu probable qu'il s'opposerait à des prix trop élevés. Google peut opter pour une tarification généreuse et j'ai des raisons de croire qu'il le fera ; mais il n'est pas non plus exclu qu'il recoure à une stratégie comparable à celle qui a permis d'augmenter les tarifs des abonnements des revues scientifiques : tout d'abord, appâter le client par une offre attractive, puis, une fois celui-ci ferré, faire grimper les prix aussi haut que le permettra le trafic sur Internet.

Les partisans du libre-échange rétorqueront que le marché se régulera de lui-même. Si Google a la main trop lourde, les usagers annuleront leurs abonnements et les prix baisseront. Mais il n'y a pas de corrélation directe entre l'offre et la demande dans les mécanismes qui régissent l'attribution des licences institutionnelles telles qu'elles sont envisagées dans l'accord. Étudiants, professeurs et bibliothécaires ne mettront pas eux-mêmes la main à la poche. Ce sont les bibliothèques qui paieront et, si elles ne parviennent pas à trouver les fonds nécessaires pour renouveler leur abonnement, elles risqueront de s'attirer les protestations enflammées des lecteurs devenus « accros » aux services de Google. Elles choisiront probablement alors de réduire d'autres dépenses, dont celles consacrées à l'acquisition de livres sur papier, ainsi qu'elles l'ont déjà fait quand les éditeurs ont augmenté de façon astronomique le prix des périodiques.

À défaut de prédire l'avenir, on peut seulement lire les termes de l'accord et émettre quelques hypothèses. Si Google rend accessibles, à un prix raisonnable, les fonds cumulés de toutes les grandes bibliothèques américaines, nous ne tarirons pas d'éloges. Après tout, ne serait-il pas préférable de vivre dans un monde où l'on disposerait d'un immense corpus de livres numérisés, fût-ce à un prix élevé, que dans un monde où cela ne serait pas ?

Sans doute, mais l'accord bouleverse radicalement le monde numérique en concentrant tous les pouvoirs entre les mains d'une seule entreprise. Si l'on excepte Wikipédia, Google contrôle déjà l'accès à l'information en ligne de la grande majorité des Américains, qu'ils cherchent des renseignements sur des personnes, des marchandises, des lieux ou sur n'importe quoi d'autre. En outre, à côté du « Big Google » d'origine, nous avons ses services annexes : Google Earth, Google Maps, Google Images, Google Labs, Google Finance, Google Arts, Google Food, Google Sports, Google Health, Google Checkout, Google Alerts et bien d'autres dérivés en cours d'élaboration. À présent, Google Book Search promet de lancer la plus grande bibliothèque et la plus grande librairie de l'histoire.

Que j'aie correctement interprété ou non cet accord, ses dispositions s'imbriquent de manière si inextricable qu'elles s'imposent en bloc. Aujourd'hui, ni Google, ni les auteurs, ni les éditeurs, ni le tribunal de district de New

York ne sont en mesure d'y apporter des modifications significatives. C'est là un tournant majeur dans ce que nous appelons la société de l'information. Si nous ne trouvons pas le juste équilibre maintenant, les intérêts privés pourraient bien l'emporter à l'avenir sur l'intérêt général et le rêve des Lumières devenir plus inaccessible que jamais.

De la différence entre les bibliothèques et Google

Ce qui distingue la bibliothèque de Google des autres n'est pas la numérisation en soi, car cela existe partout, mais plutôt les objectifs du scannage et l'échelle à laquelle il se fait. Google est une entreprise commerciale dont la raison première est de gagner de l'argent. Les bibliothèques existent, elles, pour communiquer aux lecteurs des livres, mais aussi d'autres documents, pour certains numérisés. La mission commerciale sous-jacente de Google est apparue au grand jour le 28 octobre 2008 quand l'entreprise a annoncé avoir signé un accord avec un groupe d'auteurs et d'éditeurs qui la poursuivaient pour violation présumée de leurs droits. Cet accord créait un mécanisme complexe de partage des revenus générés par la vente de l'accès à la base de données de Google.

Sa clause la plus importante du point de vue des grandes bibliothèques instaure une souscription institutionnelle. En payant un abonnement annuel à Google, les bibliothèques permettront à leurs lecteurs de puiser toutes les informations dans les livres numérisés par la société, à l'exception des livres sous copyright que les ayants droit auront refusé de rendre consultables par ce biais.

Certains d'entre nous, directeurs de bibliothèque, ont trouvé cette transaction douteuse. Nous avions à l'origine fourni les livres gratuitement à Google et, à présent, on nous demandait de racheter l'accès à ces mêmes ouvrages sous forme numérisée, ainsi qu'à ceux de nos bibliothèques sœurs. Et, chose plus importante, nous nous inquiétions de voir Google créer un monopole d'un genre nouveau, potentiellement plus puissant que tous ceux qui avaient existé auparavant, un monopole de l'accès à l'information.

Chez Google, on juge ce terme désobligeant. Pour préserver sa susceptibilité, nous pourrions parler d'une entreprise hégémonique, financièrement invincible, technologiquement inattaquable, juridiquement invulnérable, et capable d'écraser toute concurrence. Mais, pour dire les choses carrément, Google Book Search est un monopole et cela pour trois raisons.

Premièrement, *de facto* : depuis l'abandon de

Microsoft, aucun concurrent n'a une puissance technologique et financière suffisante pour affronter Google. Deuxièmement : à cause de l'action judiciaire en nom collectif, le règlement couvre tous les auteurs et les éditeurs regroupés dans la classe des ayants droit; il faudrait à un rival de Google obtenir l'accord de chaque détenteur de droits et régler d'innombrables litiges pour violation du copyright à des coûts qui s'élèveraient de 30 000 à plus de 100 000 dollars. (Dans le même temps, l'accord ferait de Google et des plaignants les propriétaires effectifs des ouvrages dont les droits n'ont pas été réclamés — problème complexe qui concerne des millions de livres et pas seulement ceux dits orphelins.) Troisièmement : l'accord comporte une clause de la nation la plus favorisée qui empêche tout concurrent d'obtenir de meilleurs termes de transaction que ceux accordés à Google.

Les monopoles ne sont pas nécessairement une mauvaise chose. Dans le cas des communications téléphoniques ou des déplacements par le rail, une seule entreprise peut assurer un meilleur service qu'une multitude de petites sociétés de téléphonie ou de chemins de fer. Google pourrait mettre sa grandiose bibliothèque numérique à la portée des lecteurs des bibliothèques municipales et des petites universités partout dans le pays, peut-être même un jour partout dans le monde.

Mais voulons-nous qu'une unique entreprise ait le contrôle exclusif d'une telle masse d'informations ? Les bibliothèques s'inquiètent déjà de devoir communiquer au gouvernement les données personnelles concernant leurs usagers, ainsi que l'exige le Patriot Act (loi limitant les libertés individuelles prise après les attentats du 11 septembre 2001 pour lutter contre les menées terroristes éventuelles à l'intérieur du pays). Google pourrait bientôt en savoir plus sur nous que la CIA, le FBI et le fisc confondus. La compagnie pourrait savoir ce que nous lisons, ce que nous achetons, qui nous rencontrons, la surface de notre chambre, quels messages nous échangeons avec nos correspondants et, en créant les bons algorithmes, ce que nous sommes susceptibles de penser avant de prendre une décision.

Certes il n'y a rien de diabolique dans les ambitions de Google ni d'hypocrite dans son slogan « Ne faites aucun mal ». La croissance de la puissance de Google résultera simplement de la réussite de son plan de développement. Comme toute entreprise, sa première obligation est de dégager des profits pour ses actionnaires, non de se soucier de l'intérêt général. Il peut sembler que le public n'ait rien à craindre d'un monopole d'accès à l'information car l'information est partout. Nous en sommes submergés. Mais considérez le pouvoir inhérent à la fonction de portier de Google. Qui contrôle les entrées aux données numériques peut se comporter en collecteur de droits de péage quand vous voudrez vous engager sur l'autoroute de l'information. Les copies numériques des livres dans la base de données appartenant à Google, celui-ci pourra fixer n'importe quel prix à leur consultation. L'entreprise détiendra alors une vaste portion de la route.

L'accord comporte quelques vagues directives pour l'établissement des tarifs, mais aucune clause empêchant leur escalade. Google devra s'entendre sur leur niveau avec le Registre des droits afférents aux livres qui gérera les demandes de droits et assurera leur paiement, mais le Registre sera dirigé par des représentants des auteurs et des éditeurs dont le souci sera d'augmenter ces tarifs. Quant au public, que ce débat concerne au premier chef, il n'a tout simplement pas voix au chapitre. Bibliothèques, écoles, universités, simples citoyens, tous ceux qui lisent des livres, mais qui n'appartiennent pas à la catégorie des détenteurs de droits, sont exclus des délibérations du tribunal qui décidera du sort de cet accord.

Pour peu que le juge adhère aux principes classiques des procès en nom collectif, il se contentera de vérifier que l'accord traite équitablement les intérêts des parties en conflit. Une vue plus large des problèmes le conduirait pourtant à refuser d'entériner l'accord et à ordonner aux parties de revenir avec une version amendée. Les modifications pourraient inclure : premièrement, un contrôle régulier des tarifs par une autorité publique ; deuxièmement, une représentation des bibliothèques et des lecteurs au sein du comité du Registre ; troisièmement, une clause pour que les ouvrages sans droits reconnus puissent être numérisés par des concurrents potentiels de Google ; quatrièmement, l'obligation pour Google d'obtenir du ministère de la Justice un décret de consentement au non-monopole pour l'empêcher d'abuser de sa position hégémonique et, cinquièmement, une clause de protection de la vie privée des individus contre le regard inquisiteur de Google.

Un dénouement plus heureux verrait l'émergence d'une législation qui rendrait toutes les données de Google accessibles au public. N'importe quel citoyen serait habilité à les consulter et n'importe quelle entreprise à les exploiter. Les lois sur le copyright devraient être réécrites, les ayants droit dédommagés et Google indemnisé pour ses investissements dans le scannage. La société garderait ses algorithmes secrets et poursuivrait son service de recherche, mais sa base de données deviendrait propriété publique.

Nous aurions alors une bibliothèque numérique nationale.

Il se peut que ce rêve soit aussi improbable que l'utopie de Mercier. Pour ramener la discussion à un niveau plus réaliste, il suffit de supposer qu'une version quelconque de Google Book Search survivra en tant qu'entreprise privée. Quel rôle joueront alors les bibliothèques de recherche dans le nouvel environnement numérique ? Il existe plusieurs types de bibliothèques : la bibliothèque du Congrès, unique en son genre ; les bibliothèques universitaires d'État dont certaines ont des fonds d'une richesse étonnante ; et une multitude d'institutions non gouvernementales — la Morgan à New York, la Newberry à Chicago, la Huntington à Los Angeles et les bibliothèques des universités privées éparpillées dans le pays. Ce qui distingue le système américain de bibliothèques du système européen, c'est sa diversité, en particulier dans le secteur privé. Même la bibliothèque publique de New York est privée, malgré son nom et les subventions d'État qui alimentent ses nombreux départements. La diversité est synonyme de force et d'indépendance par rapport au contrôle gouvernemental. Mais certaines bibliothèques privées peuvent prêter à critique à un égard : leur caractère très fermé.

Les bibliothèques les plus prestigieuses appartiennent aux universités les plus sélectives, comme Harvard, Yale, Princeton et Stanford. Bien qu'elles acceptent des chercheurs de l'extérieur, elles restent fermées au public. Certaines personnes pourraient donc objecter qu'elles tournent le dos aux simples citoyens et réservent leurs richesses à de rares privilégiés.

J'ai parfois nourri de telles pensées quand j'avais le privilège d'être étudiant en troisième cycle à Oxford. À mon époque, les « collèges » d'Oxford étaient fermés aux personnes étrangères par de hauts murs hérissés de tessons de verre et de pointes. Les portes de mon propre collège, St John's, étaient fermées à 10 heures du soir. Si vous vous trouviez alors à l'extérieur, vous pouviez sonner une cloche et payer une amende ou essayer de grimper par-dessus le mur — expérience redoutable à moins d'avoir été informé par un camarade de l'existence d'un passage secret : un réverbère et un toit bas, un espace entre les pointes ou quelque défaut dans la muraille que le doyen des étudiants ne faisait pas garder selon le principe implicite qu'il faut bien que jeunesse se passe.

Les barrières contre les gens de l'extérieur, associées à la connaissance intérieure de la façon d'enfreindre les règles, renforçaient le sentiment général d'appartenance à un groupe clos. Si l'architecture ne suffisait pas à faire passer le message, on pouvait lire à ce propos *Jude l'Obscur* de Thomas Hardy, qui décrit les tentatives de Jude, un simple ouvrier, pour pénétrer dans le monde du savoir caché derrière les murs imposants d'Oxford. Je n'ai pas relu ce roman depuis des années mais, tel que je m'en souviens d'après les discussions à St John's, Jude ne découvre jamais la vie à l'intérieur des collèges et son fils aîné succombe à la malédiction qui frappe l'étranger en tuant les deux autres enfants de son père et en se pendant ensuite dans une chambre de l'auberge « L'Agneau et le Drapeau », située juste devant un point du mur du collège par où j'avais l'habitude de passer.

Les bâtiments néogeorgiens de Harvard ne se prêtent guère à ce genre de mélodrame, mais ils peuvent impressionner les gens de l'extérieur. La bibliothèque offre à Harvard un moyen de s'ouvrir au public, non pas en chair et en os (le nombre de lecteurs rendrait cela impossible), mais numériquement, en partageant ses richesses intellectuelles sur Internet. L'ouverture est le principe directeur que nous suivrons pour adapter la bibliothèque aux conditions du XXIe siècle. Avec des excuses pour leur esprit de clocher mais dans l'espoir que ces remarques puissent servir à d'autres, j'aimerais décrire certaines mesures que nous avons prises.

À la suite d'un vote des enseignants de plusieurs facultés au sein de Harvard en faveur du libre accès, la bibliothèque a créé un Bureau des communications universitaires qui gère un fonds pour le dépôt et la mise en ligne à titre gratuit de tous les articles savants produits par les enseignants des facultés participantes, à l'exception de ceux qui choisissent de s'en exclure. Ce Bureau projette aussi de numériser les thèses et de les rendre accessibles, à moins que leurs auteurs ne préfèrent les conserver « dans le noir » pour un temps limité, en usant de la même clause de retrait. Tout en diffusant ces travaux à l'extérieur, le Bureau recueillera également la littérature « grise » — conférences particulières, actes de colloques, notes de laboratoire, ensembles de données, rapports sur les travaux en cours — de façon à rendre la vie intellectuelle de l'université accessible à quiconque veut s'informer. Certes, bien des problèmes se posent : règlement des droits d'auteur, contrôles scientifiques, compatibilité des systèmes de recherche et de stockage des données et nécessité de trouver des fonds pour concevoir et entretenir une infrastructure numérique. Mais, à Harvard comme dans beaucoup d'autres universités, la bibliothèque occupe une position stratégique qui en fait le centre nerveux de collecte et de diffusion du savoir.

La bibliothèque développe cette fonction par le biais de son Programme d'ouverture des fonds. Grâce à des subventions des fondations

Hewlett et Arcadia, elle a numérisé des livres, des brochures, des manuscrits, des gravures et des photographies dispersés dans des dizaines de ses bibliothèques annexes et qui ont un lien commun avec des sujets spécifiques : travail des femmes, 1800-1930; immigration aux États-Unis, 1789-1930; contagion : perceptions historiques des maladies et des épidémies; expéditions et découvertes : exploration et découverte scientifique commanditées à l'époque moderne; et héritage islamique. Des équipes de professeurs, de bibliothécaires, de conservateurs de musée et de techniciens ont sélectionné, catalogué, numérisé et mis ces matériaux gratuitement en ligne à partir de sites Internet. Chaque projet a demandé environ dix-huit mois de travail et met à la disposition des étudiants comme des chercheurs avancés un nombre gigantesque de documents. Ces documents ont été traduits en soixante-douze langues et sont consultés par des centaines de milliers de personnes dans le monde.

L'ouverture au reste du monde est une responsabilité qui repose lourdement sur Harvard, dans la mesure où la bibliothèque universitaire possède un fonds d'une grande richesse qui n'a aucun équivalent ailleurs. Les archives, qui remontent à la fondation de l'université en 1636, sont très instructives sur les origines de l'éducation en Amérique et sur l'Amérique elle-même. Les collections particulières dispersées dans l'ensemble du système sont également très importantes pour d'autres pays. La bibliothèque Yenching de Harvard compte plus de deux cents exemplaires uniques d'ouvrages chinois. Eux aussi seront numérisés, ainsi que 51 542 livres rares, dans un projet coopératif en libre accès qui doit être mené avec la Bibliothèque nationale de Chine entre 2010 et 2016. Harvard espère numériser son fonds ukrainien, collection la plus vaste au monde et d'une importance capitale pour le peuple ukrainien qui a perdu l'essentiel de son héritage littéraire au cours des tragédies qui ont frappé son pays au XXe siècle. Les gigantesques collections de Harvard en zoologie, botanique et médecine sont également en voie de numérisation et de mise à disposition au moyen de services comme la Biodiversity Heritage Library et les revues de la Bibliothèque publique des sciences. La numérisation à cette échelle exige une collaboration entre plusieurs institutions. Beaucoup de bibliothèques de recherche abritent des collections particulières qui demeurent inexploitées et inconnues, sauf de quelques spécialistes. Ce n'est que par une action collective centrée sur le libre accès que nous remplirons nos obligations à l'égard du monde du savoir.

Nous devons également assumer une autre responsabilité : la collecte et la préservation des documents « nés sous forme numérique ». Les sites électroniques ont proliféré sur Internet. S'étant développés de façon anarchique, sous l'impulsion d'initiatives individuelles, ils tendent à résister aux moteurs de recherche, à être incompatibles entre eux par la conception de leur métadonnées et éphémères ; ils disparaissent donc facilement dans le cyberespace. Nous avons créé un Service de collecte d'archives du Web (WAX) pour recueillir et conserver ce genre de documents et trois projets pilotes ont démontré que l'on pouvait faire cela à grande échelle ; l'Institut Edwin O. Reischauer a systématiquement recueilli les discussions sur des questions politiques de plus de cent sites informatiques japonais, et ces matériaux sont actuellement stockés et conservés dans une base de données numériques connue sous le nom de « Révision constitutionnelle au Japon ». La bibliothèque Arthur et Elizabeth Schlesinger a créé une collection comparable, « Capturing Women's Voices », qui conservera les archives d'envois de femmes dans des blogs relativement obscurs. Et les Archives de Harvard ont lancé un programme pour conserver les traces des productions quotidiennes des nombreux sites Internet qui sont nés au sein même de l'université. Nous expérimentons aussi des projets pour archiver les millions de courriels échangés dans l'enceinte de Harvard.

Le problème du courrier électronique se pose partout, bien sûr, et il comporte tant de difficultés, aussi bien juridiques que techniques, qu'il se peut qu'il soit insoluble. Un si grand nombre d'affaires sont traitées sur la Toile que nous perdons la trace de la plupart des communications contemporaines. Le Comité sur les archives du gouvernement a certes exagéré la menace lorsqu'il a déclaré, en 1985, que « les États-Unis couraient le risque de perdre leur mémoire », et la célèbre « perte » des résultats du recensement de 1960 est en fait un mythe. Au moyen de techniques complexes et chères, le Bureau du recensement a retrouvé l'essentiel des données qui, en 1976, semblaient irrécupérables à cause de l'obsolescence du matériel informatique. Mais la plupart des services gouvernementaux utilisaient le courrier électronique dès le milieu des années 1980 et cette correspondance a, pour l'essentiel, été perdue — pas la totalité des six millions de messages produits chaque année par la Maison-Blanche sous Clinton mais, semble-t-il, un nombre plus grand sous l'administration Bush, entre 2001 et 2005, et bien davantage encore d'après le rapport d'activités conduit aux échelons inférieurs du gouvernement. Nous attaquons ce problème sur les marges mais nous n'avons pas trouvé de solution. Harvard dispose d'une vaste section de technologie de l'information dans sa bibliothèque et ses techniciens ont ouvert la voie à des solutions provisoires dans un programme baptisé Library Digital Initiative. Néanmoins, le problème demeure et est aggravé par les difficultés pour obtenir des subventions, développer des plans de développement et concevoir des stratégies générales.

Les contraintes financières nous poussent à repenser nos anciennes façons de mener les affaires et à rechercher un renfort auprès d'alliés potentiels qui sont confrontés à des problèmes similaires. Une alliance naturelle pourrait rapprocher bibliothèques universitaires et presses universitaires. Elles ont rarement affaire les unes avec les autres, même lorsqu'elles sont voisines sur le même campus, et cependant elles partagent le même objectif : la diffusion du savoir. Peut-être souffrons-nous d'une conception trop étroite de la publication, comme d'une chose que nous associons exclusivement avec les professionnels qui produisent les revues et les livres. Publier signifie « rendre public », activité d'ordre général que l'on comprend depuis le XIVe siècle, selon l'*Oxford English Dictionary,* au sens de « rendre communément accessible ou disponible pour l'usage ou l'acceptation ».

Cette définition ressemble étrangement à la déclaration des objectifs de Google : « organiser les informations mondiales pour les rendre universellement accessibles et utiles ». Devrions-nous alors considérer Google comme un éditeur ? Les bibliothèques de recherche correspondent sans aucun doute à cette définition générale ; elles « rendent accessibles » toutes sortes d'informations, articles déposés dans des fonds, thèses sous forme numérique, ensembles de données numériques, sites, conférences en vidéo, actes de colloques, films ou, bien entendu, livres. Plusieurs bibliothèques universitaires — MIT, Stanford, université de l'État de Pennsylvanie — ont absorbé leurs presses universitaires. Nous n'avons pas de tels projets à Harvard où les presses universitaires continuent à prospérer malgré la crise actuelle, mais nous coopérons avec elles et étudions des possibilités d'édition en ligne. L'une d'elles concernerait des monographies que l'on pourrait consulter gratuitement en libre accès ou acheter en livres reliés à la demande. Une autre consisterait à impliquer les compétences des presses pour les comités éditoriaux et la conception de publications numériques qui n'entrent pas dans les catégories classiques telles que « monographies » et « articles » — par exemple éditions annotées de collections, actes de colloques et bases de données.

La plupart des auteurs rédigent aujourd'hui des textes électroniques et la plupart des éditeurs conservent leurs fonds sous forme numérique. Un monde dans lequel les livres et les lecteurs « naissent avec le numérique » est un monde où les grandes bibliothèques n'auront plus à stocker des quantités énormes de littérature récente sous forme imprimée. L'édition à la demande et des « liseuses » électroniques (e-books) plus sophistiquées suffiront à répondre aux besoins immédiats. Certes, ce monde paraît encore fort lointain et nous ne pouvons réduire nos acquisitions de monographies sur papier avant d'avoir résolu de nombreux problèmes, en particulier celui de la conservation des textes numériques.

Lorsque cet avenir sera assuré, s'il l'est, les bibliothèques de recherche pourront se concentrer sur ce qui a toujours été leur point fort : les collections particulières. Il se peut que ces collections concernent alors des documents d'un genre que nous ne pouvons imaginer aujourd'hui, mais elles seront plus riches que jamais en livres imprimés et en manuscrits. Ainsi, les bibliothèques pourront enfin partager avec le reste du monde les trésors qu'elles ont amassés au cours des siècles. Google aura scanné presque tous les ouvrages des collections classiques, mais il n'aura pas pénétré en profondeur dans les réserves de livres rares et les archives où les découvertes les plus importantes restent à faire. En numérisant leurs collections particulières et en les rendant accessibles en libre accès, les bibliothèques de recherche auront rempli une part essentielle de leur mission.

Mais il se peut que je laisse mon amour pour les livres du passé déformer ma vision de l'avenir. Si avancée que devienne la technologie, je ne peux imaginer qu'une image numérique d'un livre ancien apporte quoi que ce soit de comparable à l'excitation du contact avec l'original. Lorsque j'étais tout jeune étudiant à Harvard, en 1957, j'ai découvert que les nouveaux arrivants comme moi pouvaient fréquenter la Houghton Library (la bibliothèque des livres rares et des manuscrits de l'université). Rassemblant mon courage, je suis entré et j'ai demandé si, comme je l'avais appris, elle possédait l'exemplaire de Herman Melville des *Essays* d'Emerson. Il est apparu sur mon bureau au bout de quelques minutes. Parce que Melville avait rédigé de longues annotations en marge, je me suis retrouvé à lire Emerson avec les yeux de Melville, ou du moins je me suis efforcé de le faire.

Une de ces annotations est demeurée imprimée dans ma mémoire. Elle avait à voir avec l'expérience vécue par Melville du passage du cap Horn par une des mers les plus rudes qui soient au monde. À cette époque je trouvais que le monde lui-même était vraiment rude, aussi étais-je prêt à comprendre une note sarcastique inscrite à côté d'un passage consacré à une tempête. Emerson avait disserté sur l'âme du monde et la nature éphémère de la souffrance qui, ainsi que tout marin pouvait en témoigner, s'apaiserait comme une tempête. Melville se demandait en marge si Emerson avait la moindre idée de la terreur vécue par les matelots sur les baleiniers au cap Horn. J'avais lu ces lignes comme une leçon sur l'optimisme béat de la philosophie d'Emerson.

De retour à Harvard un demi-siècle plus tard, ce souvenir est remonté soudain à la surface, accompagné d'une question : avais-je bien compris ? Sans me préoccuper des rendez-vous à l'ordre du jour je me suis précipité à la Houghton Library.

Il est rare d'avoir l'occasion de revivre le passé, de retrouver du déjà-vu. En voici le résultat, un passage page 216 de « Prudence » dans les *Essays : by R. W. Emerson* (Boston, 1847) que Melville a marqué au crayon d'un grand X dans la marge extérieure : « Les terreurs de la tempête sont principalement dans les chambres et la cabine du bateau. Mais le pilote, le matelot luttent avec elle tout le jour, et leur santé se renouvelle dans le combat, et leur pouls bat aussi vigoureusement sous la tempête que sous le soleil de juin[3]. » Melville a griffonné un autre X et écrit : « Pour qui a passé le cap Horn comme simple matelot, quelles sornettes que tout cela. »

La remarque en marge était encore plus incisive que dans mon souvenir et la sensation de tenir l'Emerson de Melville, petit volume modestement relié en toile, encore plus émouvante. On ne peut vivre ce genre d'expérience que dans les salles des livres rares. Et cependant une image numérique de la page 216 de « Prudence » suffirait à aider quiconque à lire Emerson avec le regard de Melville. En fait, la numérisation permet parfois de voir des choses qui sont invisibles à l'œil nu, ainsi que l'ont appris des chercheurs en manipulant des versions digitales de textes comme le plus ancien manuscrit du *Beowulf*.

Bien sûr, la situation actuelle exige plus que des initiatives empiriques en matière de numérisation des collections spéciales. Si les bibliothèques de recherche doivent prospérer dans l'avenir, il leur faut s'unir. Elles ont prospéré au XXe siècle en ne se souciant que de leur propre intérêt, indépendamment des autres et des interférences de l'État. Mais, au XXIe siècle, elles sont confrontées à la tâche impossible de progresser sur deux fronts, l'analogique et le numérique. Leurs budgets d'acquisitions ne peuvent supporter cette charge. Elles doivent donc constituer des coalitions, accepter d'investir dans certains sujets en laissant les autres à leurs alliées. Elles doivent créer des fonds communs hors site, parfaire les prêts mutuels, échanger des documents de façon électronique, préparer des métadonnées interactives, intégrer leurs catalogues et coordonner leurs politiques de numérisation.

Des expériences de ce genre ont été tentées et ont échoué, je le sais. Mais nous devons recommencer. En tâtonnant, nous devons progresser pas à pas vers la création d'une bibliothèque numérique nationale puis internationale. Google a démontré sa faisabilité et aussi le danger de mal s'y prendre, c'est-à-dire de privilégier le profit privé au détriment de l'intérêt public.

Les changements technologiques balaient le paysage de l'information trop rapidement pour que quiconque sache à quoi il ressemblera dans dix ans. Mais l'heure est venue d'agir si nous voulons le changer pour le bien de tous. Nous avons besoin de l'intervention de l'État pour empêcher le monopole, et de l'interaction des bibliothèques pour promouvoir un programme commun. Numériser et démocratiser — la formule n'est pas simple, mais c'est la seule qui marchera si nous voulons vraiment accomplir cet idéal d'une République des Lettres qui semblait jadis désespérément utopique.

Chapitre V

MORT DU LIVRE OU MORT DU PAPIER ?

Où le lecteur comprend, à la suite de l'historien, mais un peu tard, que le papier n'est pas entièrement remplaçable par le numérique.

Je voudrais parler d'un monde que nous avons perdu, un monde où les nouvelles étaient liées au papier et où le journal apportait aux citoyens leur régime de base en informations. Depuis, les journaux ont commencé à disparaître. Comme ils dépendent de la publicité et que celle-ci a migré sur Internet, souvent ils ne peuvent couvrir leurs frais. Les nouvelles paraissent dorénavant en ligne, souvent sous la forme de courts messages échangés entre des non-professionnels qui se comportent en reporters. Jadis elles étaient rédigées pour le lecteur moyen ; à présent c'est le lecteur moyen qui les rédige.

Cependant l'hymne au papier dans *Double Fold* de Nicholson Baker, qui est à l'origine de ce chapitre, demeure pertinent à l'ère d'Internet. Baker déplorait que le microfilm soit substitué aux journaux et aux livres. Aujourd'hui nous nous fions à la numérisation bien que les copies digitales soient plus vulnérables à la dégradation et à l'obsolescence que le microfilm. Les bibliothécaires acquièrent toujours plus de documents « nés sous forme numérique » ou en format digital, et cependant ils n'ont pas de méthode sûre pour les préserver de toute altération. Le papier demeure encore le meilleur moyen de conservation et les bibliothèques ont encore besoin de remplir leurs rayonnages de mots imprimés sur du papier. En outre, la numérisation telle qu'elle est pratiquée par Google Book Search peut se révéler tout aussi fautive que l'était le microfilmage il y a quatre décennies. Comme exemple de conte édifiant, *Double Fold* mérite réflexion car il soulève des problèmes qui refusent de se dissiper.

Quand les journalistes parlent de leur métier, ils usent de clichés contradictoires : « Le journal d'aujourd'hui est le premier brouillon de l'histoire » et « Rien n'est plus mort que le journal d'hier ». En un sens, ces deux affirmations sont vraies : les nouvelles alimentent l'histoire en faits, cependant on les oublie pour la plupart. Supposons que les journaux disparaissent des bibliothèques : l'histoire s'effacerait-elle de la conscience collective ? C'est là le désastre que Nicholson Baker dénonce dans *Double Fold : Libraries and the Assault on Paper,* un « J'accuse » dirigé contre la profession de bibliothécaire.

Les bibliothécaires expurgent leurs rayonnages des journaux, soutient-il, parce qu'ils sont mus par une obsession erronée du gain de place. Et ils s'abusent eux-mêmes en croyant que rien n'a été perdu parce qu'ils ont remplacé les journaux par des microfilms. Le microfilm, cependant, est inadapté, incomplet, fautif et fréquemment illisible. Pis encore, dans un premier temps il n'a jamais été nécessaire parce que, contrairement à une autre illusion commune, les journaux ne se désintégraient pas sur les rayonnages. Malgré leur composition chimique — acides agissant sur la pulpe de bois du papier fabriqué après 1870 —, ils ont très bien résisté. Et aujourd'hui le massacre du papier s'est étendu aux livres. Eux aussi sont vendus, jetés ou épouvantablement endommagés au cours d'expériences insensées visant à les préserver. Les gardiens de notre culture sont en train de la détruire.

En matière de lamentations, celle-ci est pour le moins étrange. La malignité alimente les jérémiades aux États-Unis depuis l'époque des Puritains. Mais, au lieu de fulminer contre la prostituée de Babylone, Baker s'emporte contre les bibliothécaires — non pas, bien sûr, les employés de troisième ordre de province, mais leurs supérieurs hautains et ambitieux : Patricia Battin, par exemple, anciennement conservatrice de la bibliothèque de Columbia University, qui a dirigé l'« assaut contre le papier » de son poste à la Commission on Preservation and Access et reçu une distinction du président Clinton en 1999 pour « avoir sauvé l'histoire ». Baker l'accuse, lui, d'avoir détruit l'histoire et il en fait l'un des félons de son livre. Les autres appartiennent à des fondations (Ford, Mellon), à des bibliothèques de recherche (Yale, Chicago), au National Endowment for the Humanities (Fonds national pour les Humanités) et surtout à la bibliothèque du Congrès.

Ils forment une étrange troupe de personnages : des bouchers des livres issus du monde improbable des bibliothèques. Baker les décrit comme des gens polis, cultivés et en général sympathiques — de ces gens sans prétention que l'on s'attendrait à trouver derrière de vieux bureaux en chêne dans des pièces encombrées de livres. Tirant le meilleur de son talent de romancier, il nous présente chacun de ses personnages en quelques traits descriptifs révélateurs. Ils portent de « discrets foulards de soie », des nœuds papillons et des costumes sobres. Ils vous fixent du regard par-dessous « des sourcils empreints de sagesse » et un front « allégrement chauve », ou à travers « de grosses lunettes rectilignes comme celles que portait Joyce Carol Oates sur les photos». Des gens aussi aimables ne sauraient être des vandales, vous dites-vous. Et cette réaction vous livre à l'envoûtement de la rhétorique de Baker parce qu'il cherche à montrer que les barbares ne sont pas devant nos portes : ils sont déjà dans le temple, occupés à détruire ses trésors, et ils le font avec d'autant plus d'efficacité qu'ils se déplacent à pas feutrés, vêtus de tweed et chaussés de souliers commodes.

La rhétorique nourrit l'argumentation, mais quelle est cette argumentation une fois ramenée à un ensemble de propositions? Elle se développe comme suit :

1. *Le papier se conserve bien, même le moins coûteux destiné aux romans de gare et fabriqué à partir de pulpe de bois suivant les procédés élaborés après 1850.* Baker rappelle la chimie de l'acidification et concède des points mineurs : un papier ayant un pH bas tend à être plus fragile qu'un papier moins acide, et les journaux chargés d'alun et de colophane exposés trop longtemps à la lumière jaunissent. Mais Baker atteint son but : malgré les prophéties fatales, le papier fabriqué à la fin du XIXe siècle ne s'est pas désagrégé; on peut lire sur ce genre de papier sans qu'il subisse de dommages et il n'y a aucune raison de penser qu'il ne survivra pas encore cent ans.

2. *Le microfilm n'est pas un produit de substitu-*

tion approprié du papier. Sa composition chimique est pire. Des clichés censés durer éternellement se tachent et se boursouflent. Ils pâlissent au point de devenir illisibles. Ils se déchirent, se ratatinent, se couvrent de moisissures, émettent des odeurs nauséabondes et fondent sur les bobines pour former des masses compactes de cellulose. Des collections de journaux microfilmés comportent souvent des manques quand les techniciens ont sauté des pages ou commis une erreur de mise au point. Le travail a été si bâclé que des bibliothécaires déclarent « complètes » des séries auxquelles manquent pourtant 6 % de leurs numéros. Et les séries sont épouvantablement chères. Pendant la première vague de « préservation » sur microfilms, la bibliothèque d'État de Pennsylvanie et la bibliothèque de Philadelphie ont vidé leurs rayonnages de tirages entiers du *Philadelphia Inquirer*. Une série sur microfilm coûte à présent 621 515 dollars.

Lire sur microfilm est chose infernale. Passer des heures à faire défiler des images floues sous une lumière intense et à fixer des yeux un écran peut vous détourner de la recherche et même vous donner la nausée. Baker raconte qu'un sac pour le mal de mer était attaché à un lecteur de microfilms aux Archives de l'Ontario. Les copies microfilmées de journaux, écœurantes ou pas, sont tout ce dont nous disposons dans bien des cas et elles sont souvent incomplètes. Des années entières manquent pour des journaux importants et il n'existe nulle part de collections complètes des originaux car les bibliothécaires s'en sont débarrassés. Baker exprime cela de façon polémique : « Naguère un million de gens lisaient chaque jour le *World* de Pulitzer ; aujourd'hui une collection entière est bien plus rare qu'un Premier Folio de Shakespeare ou que la bible de Gutenberg. » Polémique ou non, Baker a raison.

3. *Les bibliothécaires ont un ardent besoin d'espace.* Pour eux, l'espace, comme le temps, c'est de l'argent ; et l'argent est rare parce que leurs budgets sont pressurés. Cependant journaux et livres continuent à se déverser, leur production croissant inexorablement chaque année. Le bibliothécaire se sent apprenti sorcier. Comment arrêter le déluge ? Trouver de la place ? Financer des extensions et des annexes ? La réponse manifeste est la miniaturisation : remplacer les volumes par des microfiches, jeter les originaux, et augmenter les fonds de la bibliothèque en maintenant l'espace de rangement constant. Baker montre comment cette notion s'est emparée de l'imagination des grands bibliothécaires du pays et les a conduits à vider les rayonnages — à « désherber » selon le jargon aseptisé de la bibliothéconomie. Il développe son argument avec efficacité en citant discours,

mémorandums et journaux professionnels. Mais il va plus loin ensuite.

4. *L'obsession de l'espace a dégénéré en « idéologie »*. Mus par « la crainte du démon de la croissance », les grands bibliothécaires ont « diabolisé le vieux papier ». Ils le haïssent et veulent s'en débarrasser à n'importe quel coût — un coût si élevé qu'il pourrait provoquer la révolte des contribuables, pour ne rien dire des amateurs de livres. Afin d'écarter ce danger, les plus éminents bibliothécaires de la nation ont semé un vent de panique au sujet du caractère autodestructif du papier, puis promu des technologies au nom de la conservation. Ici, je pense que Baker pousse son raisonnement au-delà de toute crédibilité. Au lieu de donner une explication plausible de ce qui a incité les bibliothécaires à vider leurs rayonnages, il en fait des scélérats et se livre lui-même à une diabolisation dissimulée sous des détails tels que foulards discrets et nœuds papillons. Néanmoins, il avance un argument crucial :

5. *Conserver a signifié détruire.* Pas toujours, bien sûr. Certaines institutions, comme la bibliothèque publique de Boston, n'ont jamais touché à leurs fonds. D'autres, comme la bibliothèque publique de New York, ont conservé certaines séries de journaux après les avoir microfilmées. Mais la bibliothèque du Congrès a montré l'exemple dans un massacre de livres et de

journaux aux proportions ahurissantes. Afin de microfilmer des ouvrages imprimés après 1870, elle a adopté une politique consistant à les « dérelier » — c'est-à-dire à fendre leur dos de façon à les ouvrir à plat pour les photographier efficacement. Quoique l'on puisse le sauver, un volume dérelié, en particulier de vieux journaux, généralement part au rebut. Quand les bibliothèques ne jettent pas ces volumes, elles les vendent, souvent à des prix ridiculement bas, et elles trouvent des acheteurs — en général pas parmi des lecteurs qui sauveraient l'ouvrage, mais chez des hommes d'affaires résolus à les détruire encore plus. Baker est parvenu à visiter l'entrepôt de Historic Newspaper Archives, Inc., un bâtiment de plus de deux mille mètres carrés bourré de journaux qui sont découpés en morceaux et envoyés à des gens qui veulent un souvenir de leur naissance ou de quelque autre événement. Il y a trouvé une collection monumentale du *New York Herald Tribune* en parfait état qui, suppose-t-il, avait été donnée pour conservation à la bibliothèque publique de New York par la propriétaire du quotidien, Mrs Ogden Reid. On la déchiquetait pour en faire des souvenirs et Baker a réussi à acheter deux semaines de parution de l'année 1934 pour 300 dollars.

6. *La destruction n'était pas nécessaire.* À partir de 1957, le Conseil des ressources des biblio-

thèques, fondé par Verner Clapp, conservateur en second de la bibliothèque du Congrès, a financé des expériences pour déterminer la longévité du papier à base de pulpe de bois. Les expérimentateurs arrachèrent des pages de livres imprimés entre 1900 et 1950 et tentèrent de les vieillir artificiellement en les pliant dans les deux sens dans une machine conçue à cet effet. Au bout de dix ans et de cinq cents livres détruits, ils conclurent que l'essentiel des textes imprimés pendant la première moitié du XXe siècle ne survivrait pas jusqu'en l'an 2000. L'évaluation anticipée des pertes s'élevait à 1,75 milliard de pages, chiffre plus que suffisant pour semer la panique chez les conservateurs des bibliothèques de recherche du pays.

Afin d'évaluer le taux de mortalité dans leurs propres fonds, les bibliothécaires employèrent une version simplifiée du test : ils plièrent à cent quatre-vingts degrés, d'avant en arrière, un coin de la feuille de papier, sur chaque face. Si le papier se déchirait après deux ou trois doubles pliages — accompagnés parfois de quelques tractions délicates — on le jugeait condamné et on le programmait pour être remplacé par un microfilm avant qu'il ne se désintègre sur le rayonnage. Les bibliothécaires et les étudiants qui les assistaient plièrent ainsi des pages de quelque 36 500 volumes à Yale. Leur conclusion fut que 1,3 million de volumes s'autodétruiraient avant le XXIe siècle. Yale adopta une politique de microfilmage de type « découper et brûler » qui élimina la moitié des livres de son grand fonds d'histoire américaine. Ces livres seraient encore là aujourd'hui si les bibliothécaires n'avaient pas succombé à la mode du double pliage, parce que celui-ci crée des pliures qui se déchirent alors que la lecture ne suppose rien d'autre que de tourner les pages. Des pages qui échoueraient au test peuvent être lues des centaines de fois sans aucun dommage. Des livres qui auraient dû se désagréger il y a longtemps, selon la bibliothéconomie la plus avancée, se portent encore très bien — à l'exception de ceux que les bibliothécaires ont détruits pour les conserver.

7. *La destruction a été brutale.* Le microfilmage peut se faire sans abîmer les volumes en les plaçant dans des berceaux et en ajustant l'appareil photographique sous le bon angle. Cependant, ce procédé prend du temps et les praticiens de la conservation ont été si pressés de sauver les livres et les journaux d'une fin mal diagnostiquée qu'ils les ont tués en les « guillotinant » — c'est-à-dire en fendant leur dos pour pouvoir rapidement photographier à plat les pages détachées. Une fois démembrés, les ouvrages ont, pour la plupart, été pilonnés.

Les experts de la bibliothèque du Congrès et du Conseil des ressources des bibliothèques ont également guillotiné des livres afin d'expérimenter des techniques pour désacidifier le papier. Leurs expériences les plus spectaculaires employaient une substance connue sous le nom de DEZ, pour diéthyle de zinc. Le DEZ peut potentiellement détruire l'acidité en créant une protection alcaline dans les fibres du papier, mais il a un effet secondaire malheureux : il s'enflamme au contact de l'air et explose s'il est exposé à l'eau. Bien qu'il soit plus efficace dans les bombes et les missiles que dans les livres, les expérimentateurs de la bibliothèque l'employèrent comme composant clef dans un centre prévu pour désacidifier un million de livres par an. En fait, ainsi que le note Baker, ils conçurent « une grosse bombe d'air et de combustible qui se trouvait contenir des livres ». En effet, elle explosa lors d'essais conduits par la NASA et le Centre de vols spatiaux Goddard en 1985 et 1986. De nouvelles expériences entraînèrent d'autres désastres jusqu'à ce que, des milliers de livres et des millions de dollars plus tard, le programme soit abandonné.

Entre-temps, cependant, les défenseurs de la conservation conçurent d'autres expériences, dont un projet d'un million de dollars pour forcer des rats à inhaler de la poussière d'oxyde de zinc afin de démontrer que les livres désacidifiés pouvaient être humés sans danger. De concert avec les techniciens du microfilm, les

« désherbeurs » et les équipes de démolition, ils passèrent au rasoir, guillotinèrent, tronçonnèrent, gazèrent, brûlèrent, firent rôtir, macérer ou dissoudre de grandes quantités de matière imprimée. Il se peut que Baker abuse des verbes à connotation anthropomorphique et biaise les descriptions techniques pour faire des bibliothécaires des savants fous, mais il fournit suffisamment de preuves solides pour donner la chair de poule à un amoureux des livres.

8. *La destruction a été coûteuse.* Baker donne de nombreux exemples de livres et de journaux qui furent rejetés ou cédés à vils prix par les bibliothèques et revendus ensuite pour des sommes très élevées par des marchands. Il cite aussi des cas où il a coûté plus cher d'acheter le microfilm d'un livre que l'édition originale. Et, après avoir cité de multiples exemples de remèdes onéreux à des problèmes mal compris, il propose une solution simple et relativement bon marché de son cru : placer les ouvrages originaux dans des entrepôts climatisés où ils se conserveront indéfiniment. Faute de cela, il ne faut rien faire : « Laissez les livres en paix, dis-je, laissez-les en paix. » Mais les bibliothécaires ont préféré dépenser de grosses sommes pour se plier à l'orthodoxie de leur profession : microfilmer et jeter. Quel a été le coût de cette politique ? Baker estime que les bibliothèques américaines se sont débarrassées de 975 000 livres pour une

valeur de 39 millions de dollars. La dimension économique de toute l'affaire semble aussi loufoque que sa dimension scientifique.

La perte culturelle ne peut être estimée. Les bibliothèques ont en général commencé à vider leurs réserves des journaux en commençant par l'année 1870 — c'est-à-dire l'époque où les quotidiens à grand tirage ont commencé à se développer. À la fin du siècle grâce au papier bon marché, à la linotype, aux presses d'imprimerie puissantes, les journaux de Pulitzer, de Hearst et d'autres barons de la presse étaient devenus une force majeure dans la vie américaine. Ils nous apportèrent plus que la guerre hispano-américaine. Ils façonnèrent l'émergence d'une culture de masse, du consumérisme, des sports professionnels et de grands pans de la littérature américaine — produite pour une large part par des reporters devenus écrivains. Comment les historiens peuvent-ils étudier ces sujets sans lire les quotidiens ? Mais comment peuvent-ils les lire s'ils ont disparu ? Le microfilm ne saurait s'y substituer, non seulement parce qu'il est émaillé de défauts et de manques, mais aussi parce qu'il ne peut nous donner la texture de la page imprimée — la façon dont les titres, la maquette, les touches de couleur et les qualités tactiles d'un journal grand format de qualité ou d'un tabloïd orientent le lecteur et guident l'œil à travers des fragments imprimés porteurs de sens. Selon une publicité d'University Microfilms, le retrait des journaux des bibliothèques a été « notre propre programme d'éradication des taudis ». Baker, lui, est plus proche de la vérité : « Ce pays a sapé cent vingt années de son histoire. »

9. *Les bibliothécaires avaient peut-être de bonnes intentions, mais ils ont agi de mauvaise foi.* S'étant convaincus qu'ils manquaient de place et que le microfilm était la réponse, ils conçurent une fausse crise afin de vider leurs fonds. Les livres, déclarèrent-ils, se consument. Ils usèrent également d'autres expressions comme se dissoudre, pourrir, se désagréger. « Tomber en poussière » devint une métaphore appréciée, agrémentée de l'adverbe « littéralement » pour suggérer qu'une espèce de combustion chimique consumait les livres alignés sur les rayonnages. Mais quel genre de combustion ? Aucun des adeptes de la conservation n'en donna d'analyse exacte. Personne ne trouva un seul volume brûlant à petit feu, des cendres ou le moindre début d'une preuve. *Slow Fires*, film d'horreur documentaire commandé par le Conseil des ressources des bibliothèques, répandit cette idée fausse de combustibilité ; et une prise de conscience erronée gagna les rangs des bibliothécaires, renforcée par le battage exercé par les plus éminents d'entre eux comme Patricia Battin : « 80 % des matériaux dans nos bibliothèques sont publiés

sur du papier acide et vont inévitablement se désagréger. La bibliothèque du Congrès à elle seule signale que 77 000 volumes de ses collections passent chaque année du statut de “menacés” à celui de fragilité et de désagrégation.» Après un nombre suffisant de citations, le chiffre de 77 000 (ou 70 000 selon certaines versions) volumes en voie de destruction devint une donnée solide accompagnée d'autres éléments pseudo-scientifiques : les fonds doublaient tous les seize ans; 3,3 millions de volumes se désintégreront dans les vingt ans; et il en coûtera 358 millions de dollars pour les sauver en les microfilmant, quoique cette dépense soit en fait un gain car l'opération permettra de libérer de l'espace en se débarrassant de 16,5 millions de doublons inutilement dispersés dans le pays.

Ces neuf propositions constituent un terrible réquisitoire contre une profession vénérable. La défense n'a-t-elle aucun argument? Au lieu de les évoquer de façon impartiale, Baker donne libre cours à ce qu'il nomme son «impulsion réquisitoriale». Il accumule les preuves en sa faveur, sans les déformer mais en usant de procédés rhétoriques, par exemple en sortant des citations de leur contexte et en y insérant des commentaires personnels. Ainsi, quand il rapporte un entretien avec Patricia Battin, émaille-t-il les remarques qu'elle fait de propos tenus par d'autres personnes qui semblent les réfuter et d'objections de son cru. À un moment, il lui fait dire : « Je crois que le gain de place n'était pas le problème. » Puis il cite un article de l'un de ses collègues bibliothécaires à Columbia : « Pensez donc au coût en matière d'espace... » Il associe cette citation à une remarque incendiaire sur la dégradation des livres tirée d'un autre passage du même article : « Les principaux rayons de toutes les grandes bibliothèques seront bientôt condamnés en tant que sites d'enfouissement insalubres — que décharges d'ordures intellectuelles du monde. » Puis il revient à Battin : « Et, cependant, elle me déclara avec la plus extrême sincérité possible : “Que je sache, ce ne sont pas vos bibliothécaires qui ont essayé de miniaturiser pour gagner de la place.” » Sortir les choses ainsi de leur contexte crée une forme de culpabilité par association.

L'impulsion réquisitoriale a bien pour objet de culpabiliser ; mais, dans sa détermination à condamner certains des bibliothécaires les plus éminents du pays, Baker confond parfois les difficultés. L'espace est un sérieux problème pour les bibliothécaires, un problème qu'ils ne cherchent pas à conjurer en le « diabolisant » ou en donnant libre cours à une espèce de haine psychotique du papier. Le papier peut être fragile. Les livres sont souvent abîmés. Le microfilm préserve au moins une partie des archives historiques, même s'il n'est pas un substitut approprié des ouvrages originaux. Les bibliothèques ne guillotinent plus les livres pour les microfilmer et elles ne jettent plus les originaux. La plupart des histoires d'horreur de Baker datent d'une ère révolue qui a certes laissé un sillage de destructions, mais aussi une réaction contre ses politiques erronées. Après certains scandales sur la perte d'ouvrages précieux, la bibliothèque publique de New York a adopté une position rigoureuse contre le « désherbage » et d'autres bibliothèques lui ont emboîté le pas. Cela ne signifie pas que le danger a disparu. Baker met avec raison en garde contre l'enthousiasme pour la numérisation qui pourrait produire une autre purge du papier. Mais il voue l'essentiel de son indignation à des pratiques abandonnées depuis longtemps.

Le genre littéraire du « J'accuse » ne fonctionne guère quand il s'applique au passé. Il convient mieux au journalisme qu'à l'histoire. Originellement, la polémique de Baker a paru sous la forme d'un essai journalistique dans le *New Yorker* et elle a fait mouche parce qu'elle liait les fautes professionnelles des bibliothèques à un scandale du moment. La British Library avait vidé ses rayonnages de sa fabuleuse collection de journaux américains de la fin du XIXe siècle et du XXe siècle ; et des spéculateurs rachetaient les périodiques à des prix ridicules afin de les démembrer et de les vendre comme souvenirs. Lorsque Baker eut vent de la destruction, il chercha désespérément à y mettre fin. Mais la bibliothèque ne voulut rien entendre et n'accepta même pas de lui donner le temps, ainsi qu'à d'autres bibliophiles, de monter une opération de sauvetage. Finalement un trésor inestimable fut dilapidé, un bien public sacrifié, et une petite partie de la collection survécut parce que Baker lui-même l'acheta en puisant dans ses économies et en créant une association à but non lucratif avec le soutien de quelques fondations. Des tirages complets et en bon état du *World*, du *Herald Tribune* et d'autres grands quotidiens sont à présent en sécurité dans un entrepôt que Baker a construit près de sa maison dans le Maine. « Parfois je suis un peu abasourdi de penser que je suis devenu, plus ou moins, un conservateur de journaux et que j'ai la tâche de veiller sur cette ancestrale et majestueuse accumulation de produits nés de la pulpe de bois », conclut-il. C'est une superbe aventure racontée avec esprit et humour : don Quichotte, la lance à la main, chargeant la British Library et remportant au moins une victoire. Mais cela ne fait pas de la grande histoire.

Lorsque Baker étoffa l'article du *New Yorker* pour en faire un livre, il se trouva confronté au problème de devoir fondre son aventure dans un récit sur la gestion des bibliothèques aux

États-Unis depuis la Seconde Guerre mondiale. Il divisa le texte du *New Yorker* en deux et utilisa, quasi sans modifications, une partie pour les premiers chapitres de son ouvrage et l'autre pour sa conclusion. Entre les deux, il glissa un récit historique. Mais il ne s'agissait pas d'histoire au sens conventionnel ; le texte ne suivait pas d'ordre chronologique ni le moindre agencement structuré. Il consistait plutôt en vignettes, en essais brefs et brillants, enfilés à la suite de manière à suffoquer le lecteur et à attiser l'indignation à mesure que s'enchaînaient les épisodes bizarres.

Cependant, tout cela était sous-tendu par un argument implicite sur le changement institutionnel, que l'on peut résumer comme suit. En 1944, un bibliothécaire influent, nommé Fremont Rider, énonça une « loi naturelle » de la croissance des bibliothèques qui semblait démontrer, au moyen de formules mathématiques impressionnantes, que les bibliothèques américaines couraient vers une crise spectaculaire due au manque d'espace. La seule solution, selon Rider, résidait dans la technologie développée par le Bureau des services stratégiques (OSS) pendant la Seconde Guerre mondiale : il était possible de remplacer les livres par des microfiches ou quelque autre support miniaturisé. Verner Clapp, le numéro deux de la bibliothèque du Congrès, adhéra à la cause et s'en fit le défenseur au Conseil des ressources des bibliothèques dont il devint directeur en 1956. Pendant plus de trente ans au sommet du monde des bibliothèques, Clapp promut des expériences en matière de « conservation » qui entraînèrent la reproduction sur microfilm et la perte de millions de journaux et de livres. De 1968 à 1984, le Bureau de conservation et de microfilmage de la bibliothèque du Congrès photographia quatre-vingt-treize millions de pages et « jeta des biens publics d'une valeur supérieure à dix millions de dollars ».

Il fallut cependant quelques efforts pour convaincre les responsables des autres grandes bibliothèques de recherche que conserver ne signifiait pas garder les livres. Le successeur de Clapp au Conseil monta donc une offensive et il enrôla la puissante conservatrice en chef de la Columbia University pour répandre la bonne parole à partir de la Commission de la conservation et de la communication. Au moyen d'articles, de conférences, de colloques, d'auditions au Congrès, du documentaire *Slow Fires* et du bouche à oreille, ils firent passer le message que les bibliothèques du pays tomberaient en poussière si l'on n'expurgeait pas les rayonnages du papier pour les remplir de microfilms. Ils perpétrèrent le test du double pliage, la chose même propre à justifier le désir des bibliothécaires de gagner de la place en se débarrassant des livres. La frénésie du microfilm et du « désherbage » atteignit son paroxysme dans les années 1980. Mais la tendance s'inversa vers 1994 quand Patricia Battin quitta la Commission. Une réaction se fit jour, conduite par des bibliothécaires sensés comme G. Thomas Tanselle, et la destruction des journaux de la British Library constitua un ultime scandale qui mit fin à l'histoire en 1999.

En matière d'intrigue, celle-ci est étonnamment simple. Des zélotes mal avisés diagnostiquent mal un problème et provoquent une catastrophe nationale en diffusant de fausses informations. La disproportion entre la cause et l'effet exige une explication. Qu'est-ce qui était à l'œuvre dans le processus — simple stupidité ? défauts dans les institutions ? influence d'une ou de deux fortes personnalités et séduction de quelques idées frappantes ? Ce sont des questions de ce type qui ont fait l'histoire du journalisme. Baker ne les pose pas ; il montre seulement du doigt les coupables. Mais dans ce doigt pointé, il y a une interprétation implicite.

Un nombre surprenant de scélérats impliqués dans l'histoire se révèlent avoir eu des accointances avec la CIA, les recherches opérationnelles, la défense antimissile, le Pentagone, ou un service du complexe militaro-industriel. Baker souligne le fait que l'obsession pour le microfilm se développa, comme la CIA elle-même, à partir du Bureau des services stratégiques (OSS) pendant la Seconde Guerre mondiale. Verner Clapp la diffusa de son poste à la bibliothèque du Congrès tout en étant en secret « consultant de la CIA », et la galerie des consultants conduit directement au conservateur actuel, James Billington, dont les liens avec la CIA sont signalés dans une longue note finale plutôt hors de propos. Les « scientifiques de guerre et les consultants de la CIA » étaient très nombreux sur le terrain au Conseil des ressources des bibliothèques — si nombreux, en fait, que les résumés impassibles que Baker fait de leurs curriculum vitae suggèrent la présence de quelque docteur Folamour tapi derrière chaque distributeur de boissons.

Son récit des expériences insensées, avec cuisson du livre au diéthyle de zinc, rappelle quelque chose de pire — une annihilation systématique ou ce qu'il nomme « détruire pour préserver ». Une citation du *Washington Post* évoque les mêmes associations d'idées : « La bibliothèque du Congrès doit-elle détruire les livres pour les sauver ? » Le lecteur américain ne peut s'empêcher ici de penser à la déclaration la plus obsédante de la guerre du Viêtnam : « Il était nécessaire de détruire ce village pour le sauver. » Et la chaîne des associations devient plus sinistre encore quand Baker parle d'enfourner « les livres dans des chambres à gaz ». Ici le raisonnement par insinuations dérape. Les bibliothécaires n'ont pas massacré les livres comme les nazis ont exterminé les gens.

Devrait-on également les condamner, ainsi que l'affirme Baker, pour avoir détruit l'histoire ? Peut-être, si l'on considère les journaux comme le premier brouillon de l'histoire. Baker semble adopter cette vue dans son emploi de métaphores frappantes — par exemple, quand il décrit un chargement de quatre mille six cents volumes du *Chicago Tribune* sous la forme de « seize palettes, dix tonnes d'histoire métropolitaine majeure ». Mais, tout comme les microfilms ne sauraient être assimilés à des documents originaux, on ne saurait confondre l'histoire avec ses sources. L'histoire est un raisonnement à partir de documents, non ces documents eux-mêmes.

Si Baker avait poursuivi cette réflexion, il aurait pu étayer son argumentation, car les journaux, étudiés en tant que sources, offrent de vastes possibilités d'approfondir notre compréhension du passé. Contrairement à ce que Baker semble penser, ce ne sont pas des fenêtres transparentes ouvertes sur un monde que nous avons perdu, mais des recueils de récits écrits par des professionnels selon les conventions propres à leur métier. Mais, pris comme récits — récits de nouvelles, genre particulier de narration —, ils illustrent comment les contemporains interprétaient les événements et y trouvaient un sens dans la confusion et le brouhaha du monde autour d'eux.

Pour beaucoup de lecteurs aujourd'hui, la une du *New York Times* constitue une carte de ce qui s'est passé hier. Ils la lisent comme ils liraient une carte, pour y trouver une direction — généralement de droite à gauche, ou de l'article principal à l'article secondaire, en suivant les indices donnés par les manchettes, en s'arrêtant sur les photos, en vagabondant dans la partie inférieure ou dans les pages intérieures, selon la façon dont ils réagissent aux suggestions de la mise en page et de la typographie. Les rédacteurs du *Times* prennent en compte ces réactions anticipées lorsqu'ils font la maquette de la une chaque jour à la conférence de 5 heures. Un dialogue implicite s'établit entre les concepteurs de la carte cognitive et les consommateurs qui l'utilisent. Le style des articles et les conventions de la mise en page évoluent avec le temps, suggérant des modifications subtiles dans la façon de voir le monde — rien qui puisse être déterminé avec précision, mais quelque chose qui étaye l'expérience et que les historiens s'efforcent de comprendre. Ils ne pourront jamais en avoir une compréhension adéquate s'ils doivent travailler sur microfilms.

Certes, une histoire des visions du monde exige plus qu'une lecture attentive de collections originales de journaux. Burckhardt et Huizinga ont montré la voie en consultant tous les documents, depuis les tables des matières jusqu'aux rites funéraires, en passant par les formes de discours et les styles vestimentaires. Les anthropologues ont démontré comment de tels matériaux pouvaient être transformés en descriptions systématiques de la culture. Mais les documents s'appauvrissent à mesure que l'historien ayant des connaissances en anthropologie s'efforce de remonter plus loin dans le temps. Les livres de colportage et les placards étaient le genre de textes imprimés le plus populaire en Europe au début de l'époque moderne — si populaire, en fait, que les bibliothèques n'ont pas daigné les collecter. Des historiens comme Robert Mandrou se sont efforcés de reconstituer les mentalités collectives en picorant dans leurs vestiges, mais le résultat a été décevant. Comment les historiens pourront-ils construire une image de la mentalité américaine au Gilded Age[1] s'ils n'ont plus de journaux à consulter — de véritables journaux, grandeur nature et en couleur ?

Bref, Baker condamne à juste titre la perte pour l'histoire qu'a été le « désherbage » des journaux, même s'il a une conception erronée de l'histoire et ne parvient pas lui-même à faire œuvre d'historien. D'un point de vue littéraire, cependant, son livre est une réussite spectaculaire. Ainsi que nous l'avons dit, il appartient à un genre particulier, la jérémiade américaine. Mais cela soulève des problèmes lorsque les Américains s'entendent dire que le ciel leur tombe sur la tête, le niveau des mers monte, la terre tremble, l'économie régresse, la présidence se dégrade, la famille disparaît, le cosmos court à son terme. Comment pourraient-ils se soucier de livres anciens et de vieux journaux ? Les vaches deviennent folles, les baleines s'échouent sur les plages, les glaciers fondent, les forêts brûlent, les espèces sont menacées, les poumons s'affaissent, la couche d'ozone n'en a plus pour longtemps et la protection sociale telle que nous la connaissions a disparu. Pourquoi devraient-ils s'emporter contre les bibliothécaires ?

Afin d'exciter l'indignation, Baker déploie une formidable batterie de procédés rhétoriques. Le ton de voix choisi pour son narrateur est parfait. Il adopte pour l'essentiel l'accent d'un Candide. Comment me suis-je mis dans ce pétrin ? demande-t-il au lecteur avec une naïveté feinte : « En 1993, j'ai décidé de consacrer des essais à des sujets insignifiants — les projecteurs de cinéma, les pinces à ongles, la ponctuation et l'histoire du mot “lumber”. » Avant même de pouvoir lui demander pourquoi il voulait écrire sur les pinces à ongles, nous voilà entraînés dans un conte insensé sur des bibliothécaires qui détruisent des livres.

Nous devenons ses compagnons de route dans le monde étrange du métier de bibliothécaire parce que Baker nous fait discrètement part, au milieu des interviews, de ses remarques et de ses commentaires. Par exemple, après nous avoir montré un superbe volume du *Chicago Tribune* éliminé des rayonnages, portant le sceau de l'université de Harvard et un ex-libris proclamant qu'il avait été acheté dans le legs d'Ichabod Tucker, promotion de 1791, il appelle une bibliothécaire à Harvard afin de savoir si on l'avait vendu comme doublon : « Oh, nous ne saurions avoir d'exemplaires reliés remontant si loin — ils ne se conservent tout simplement pas », répond-elle. Il réplique alors, non à son attention, mais en aparté pour nous : « Allons donc, ils ne se conservent pas si on ne les conserve pas. »

L'intonation populaire et le mode de citation du genre « t'as pigé » nous rendent complices de l'auteur et facilitent notre cheminement au milieu de détails ésotériques sur des formules chimiques et la microphotographie. Après avoir expliqué comment les scientifiques conçurent des tests et dressèrent des tableaux pour repérer avec une précision mathématique un non-phénomène, la dégradation du papier, Baker explose : « C'est là, bien sûr, foutaises et insanités absolues. » « Oui, avons-nous envie de lui dire. C'est ça. »

L'ésotérisme importe, cependant, parce que Baker doit prouver sa bonne foi en ce qui concerne les laboratoires et donner au lecteur le sentiment d'être lui-même dans la place — la « place », dans le cas des expériences de la bibliothèque du Congrès, étant une maison de fous :

> Le diéthyle de zinc (ou DEZ, pour employer son acronyme enjoué) était le composant actif d'une technique brevetée, élaborée à la bibliothèque du Congrès au début des années 1970. Vous rangez vos livres attaqués par l'acide, dos en bas, dans des cageots de bouteilles de lait, jusqu'à cinq mille à la fois, et empilez les cageots dans un simulateur de vol réaménagé qui n'est pas sans ressembler à un wagon citerne ; puis vous fermez la porte circulaire à l'arrière, vous y faites le vide et laissez le nuage de DEZ miracle s'y infiltrer.

La description est assez scientifique pour la rendre crédible et comporte assez de commentaires entre parenthèses pour être absurde.

Baker recourt aux mêmes techniques dans ses romans : détails microscopiques servis directement, mais dans une langue suffisamment déconcertante pour les rendre hilarants ou choquants[2].

Les détails rendent l'acte d'accusation crédible parce que l'auteur n'attribue pas de motivations perverses aux scélérats de l'intrigue. Il rapporte simplement les désastres provoqués par leurs politiques erronées. À l'instar de Candide, il semble appréhender tout le paysage avec une neutralité digne de confiance. Son narrateur à la première personne est l'objectif d'une caméra qui perce tout à jour et révèle que le système entier est pourri.

L'hyperréalisme comme conte édifiant : c'est un tour de force et une lecture plaisante. Mais est-ce vrai ? Pour l'essentiel, je le crois, bien que cela soit moins innocent qu'il n'y paraît. Il faut le lire comme une lamentation journalistique plutôt que comme un récit équilibré de l'histoire des bibliothèques au cours de ces cinquante dernières années. Et il faut le lire également pour ses recommandations. Baker en fait quatre qui méritent toutes d'être soutenues :

> 1. Il faudrait exiger des bibliothèques qui reçoivent de l'argent public, comme condition du financement, qu'elles publient sur leurs sites Internet des listes mensuelles des ouvrages retirés des rayons, afin que le public ait un moyen de savoir lesquelles se comportent de façon responsable à l'égard de leurs collections.
>
> 2. La bibliothèque du Congrès devrait louer ou construire un grand bâtiment près de Washington et y déposer, selon des cotes, tout

ce que les éditeurs lui envoient ou ce qu'elle ne peut ou ne veut conserver sur place. Si elle ne désire pas accomplir cette fonction fondamentale de dépôt national, alors le Congrès devrait désigner et financer un autre centre d'archivage pour cette tâche.

3. Plusieurs bibliothèques dans le pays devraient commencer à sauvegarder sous forme reliée la production actuelle de journaux du pays.

4. Le National Endowment for the Humanities devrait soit complètement abolir le U.S. Newspaper Program et le Brittle Books Program (programmes pour la presse américaine et pour les livres fragiles), soit exiger comme condition de financement que le microfilmage et le scannage numérique ne soient pas destructeurs et que tous les documents originaux soient conservés ensuite.

Qu'en est-il des merveilleux tirages de journaux qui ont disparu des bibliothèques ? Quelques-uns ont survécu, mais la plupart ont été perdus à jamais. Contrairement aux bisons et aux forêts, on ne peut les ramener à l'existence. La morale du conte apparaît comme un correctif à l'axiome des journalistes : rien n'est plus mort que le journal d'hier si ce n'est le journal détruit d'hier.

Chapitre VI

SUR LES PROPHÉTIES ANNONÇANT LA MORT DU LIVRE[1]

L'avenir est-il aux journaux sans nouvelles,
aux revues sans pages et aux bibliothèques sans murs ?

L'avenir annoncé par Marshall McLuhan ne s'est pas vérifié. La Toile, oui ; l'immersion mondiale dans la télévision, à n'en pas douter ; les médias et les messages partout, bien sûr. Mais l'ère électronique n'a pas entraîné la mort de l'imprimé ainsi que le prophétisait McLuhan en 1962. Sa vision d'un nouvel univers mental fondé sur la technologie post-imprimerie apparaît aujourd'hui datée. Si elle a enflammé les imaginations pendant des décennies au XXe siècle, elle ne nous donne pas de guide pour le millénaire qui vient de commencer. La « galaxie Gutenberg » existe encore et l'« homme typographique » y lit toujours son chemin.

Prenons le livre comme exemple. Il a un pouvoir étonnamment pérenne. Depuis son invention aux alentours de l'an 1, le codex s'est révélé être une machine extraordinaire pour contenir des informations, facile à feuilleter, merveilleux pour le stockage et remarquablement résistant aux dommages. Il n'est pas nécessaire de l'actualiser ou de le télécharger, de l'ouvrir électroniquement ou de l'initialiser, de le brancher sur des circuits ou de l'extraire de sites Internet. Sa conception esthétique en fait une joie pour les yeux. Sa forme le rend plaisant à tenir dans la main. Même lorsqu'il fallait le déployer pour le lire (sous la forme de rouleau et non de codex constitué de feuillets reliés ensemble) bien avant la fondation par Alexandre le Grand de la bibliothèque d'Alexandrie en 332 avant notre ère, depuis des milliers d'années, sa maniabilité en a fait un instrument d'apprentissage fondamental.

Pourquoi continuons-nous alors à entendre prophétiser la mort du livre ? Non pas parce que McLuhan avait raison, mais parce que les caractères mobiles d'imprimerie ne peuvent aller assez vite pour suivre le rythme des événements. La plupart des « livres numériques » emmagasinent des textes après les avoir téléchargés auprès de libraires en ligne et les affichent ensuite sur un écran, page après page. JSTOR, projet développé par la fondation Andrew W. Mellon, a mis en ligne de vastes tirages de périodiques universitaires et permet aux bibliothèques, qui ne peuvent s'offrir les textes originaux, de les acquérir. La bibliothèque publique de New York diffuse tant d'informations par voie électronique partout dans le monde que, en 1999 déjà, elle comptait dix millions d'entrées dans son système informatique chaque mois pour 50 000 livres consultés dans sa salle de lecture de la 42e Rue. Tout, semble-t-il, est en voie de numérisation et chaque élément d'information numérique est lié à tous les autres. Si l'avenir apporte des journaux sans nouvelles, des revues sans pages et des bibliothèques sans murs, que deviendra le livre traditionnel ? L'édition numérique l'éliminera-t-elle ?

Nous entendons se répéter cette prophétie depuis que le tout premier livre électronique, monstre cliquetant connu sous le nom de Memex, fut conçu en 1945. La mort du livre traditionnel a été si souvent annoncée à ce jour que beaucoup d'entre nous ont cessé de s'inquiéter sur le vide qui menace nos rayonnages. À présent que les Américains ont des ordinateurs, ils consomment et impriment plus de papier que jamais. Même Bill Gates, président de Microsoft, a confessé, dans un discours récent, préférer le papier imprimé à l'écran d'ordinateur pour une longue lecture :

> La lecture sur écran est encore bien inférieure à la lecture sur papier. Même moi, qui ai ces écrans coûteux et m'imagine en pionnier

> du mode de vie Internet, dès qu'un texte dépasse quatre ou cinq pages, je l'imprime et j'aime à l'avoir avec moi et à l'annoter. Et c'est une difficulté réelle pour la technologie que de parvenir à ce degré de commodité.

Bill Gates précise que la technologie devra progresser « de façon très radicale » avant que « toutes ces choses avec lesquelles nous travaillons sur le papier aujourd'hui ne passent sous forme digitale ». En bref, le bon vieux codex, imprimé sur des feuilles de papier pliées et réunies, n'est pas près de disparaître dans le cyberespace.

Pourquoi existe-t-il alors cette fascination entêtée pour l'édition numérique ? Il semble qu'elle soit passée par trois stades : une phase initiale d'enthousiasme utopique, une période de désillusion et une tendance nouvelle au pragmatisme. Tout d'abord, nous avons cru pouvoir créer un espace électronique, tout y mettre et laisser les lecteurs faire le tri. Puis nous avons appris que personne ne lirait un livre sur un écran d'ordinateur ou se battrait avec des masses de feuilles imprimées. Nous sommes aujourd'hui confrontés à la possibilité d'ajouter au livre traditionnel des publications numériques destinées spécifiquement à certains usages et à certains publics.

Le meilleur argument pour le livre numérique concerne l'édition universitaire, non pas dans tous les domaines, mais dans de vastes champs des humanités et des sciences sociales où les monographies conventionnelles ont atteint un coût de publication prohibitif. La situation est en fait si critique qu'elle transforme le paysage de la connaissance. Elle découle de trois problèmes qui ont convergé au point de faire de la monographie une espèce en voie d'extinction.

Les grands éditeurs ont tant augmenté les tarifs des revues périodiques, en particulier dans les sciences naturelles, qu'ils ont fait des ravages dans les budgets des bibliothèques de recherche. Afin de maintenir leurs collections de périodiques, celles-ci ont réduit de façon drastique leurs achats de monographies. Confrontées au déclin des commandes des bibliothèques, les presses universitaires ont quasiment cessé de publier dans les secteurs les moins fertiles si bien que les chercheurs spécialisés dans ces domaines n'ont plus de débouché pour leurs travaux. La crise concerne le fonctionnement du marché, non la valeur des travaux universitaires ; et elle est le plus aiguë chez ceux qui ont le plus grand besoin de la surmonter — la nouvelle génération d'universitaires dont les carrières dépendent de leur capacité à se faire publier.

Un examen plus précis de chaque aspect de la crise indique qu'elle a commencé dans les années 1970 quand les tarifs des périodiques se sont mis à grimper. Aujourd'hui ils échappent à tout contrôle. En 2007, l'abonnement à de nombreuses revues scientifiques excédait 20 000 dollars par an. *Nuclear Physics A & B*, par exemple, coûte 21 003 dollars et les dépenses pour les périodiques dans les bibliothèques de recherche ont augmenté de 320 % au cours des deux dernières décennies. Le prestige d'une publication dans les revues les plus chères est si important pour l'avancement professionnel, en particulier dans les sciences dures, qu'il est devenu impossible aux bibliothèques de convaincre les enseignants d'accepter la résiliation de certains abonnements. Elles doivent donc surmonter la pression exercée sur leur budget en sacrifiant les monographies au profit des périodiques. Jusqu'à récemment encore, les monographies représentaient la moitié au moins de leur budget d'acquisitions. Aujourd'hui, elles s'élèvent souvent à 25 %.

Le deuxième aspect de la crise menace la vie universitaire en un point particulièrement vulnérable : le budget des presses universitaires. En règle générale, dans les années 1970, une presse universitaire pouvait compter vendre aux bibliothèques huit cents exemplaires d'une monographie. À présent, le chiffre, proche de trois cents, ne suffit pas à couvrir les coûts. Les éditeurs n'ont plus l'assurance de vendre des livres qui n'auraient pas manqué de séduire les bibliothécaires il y a vingt ans. Le volume 1 des *Papers of Benjamin Franklin,* publié en 1959, s'est vendu à 8 047 exemplaires, le volume 33, publié en 1997, à 753 exemplaires. Les presses universitaires ont souvent réagi à cette chute de la demande en publiant moins de livres savants. Elles se sont concentrées sur des ouvrages consacrés à des thèmes locaux, aux oiseaux, à la cuisine, aux sports, ou sur des livres « grand public » — c'est-à-dire les ouvrages généralistes à tirage moyen que les éditeurs négligeaient pour spéculer sur des livres très commerciaux : manuels de remise en forme, guides pratiques et best-sellers potentiels d'auteurs aux noms connus. Certains objecteront que nous avons trop de monographies — de plus en plus sur de moins en moins de choses, selon le dicton. Les critiques accusent parfois les professeurs d'écrire pour leurs pairs au lieu de traiter de sujets qui intéressent les citoyens en général. Certes, la manie de la monographie peut être un mal. Il semble qu'elle tue les disciplines comme la critique littéraire où vogue moderniste et jargon ésotérique se sont aliéné les lecteurs ordinaires. Mais la plupart des chercheurs ont résisté aux formes les plus malignes du mal et certains types d'érudition savante sont importants, mais nécessairement abscons. La question demeure : un auteur peut-il espérer être publié avec une monographie de qualité — solide sans être séduisante, ce genre de livre qui fleurissait il y a vingt ans ?

Interrogez professeurs et éditeurs, vous ne manquerez pas d'être découragé. Beaucoup d'entre eux vous raconteront des anecdotes sur d'excellentes monographies qui ne se sont pas vendues. Mon histoire d'horreur préférée concerne un superbe ouvrage sur la Révolution française qui a obtenu trois grands prix et s'est vendu à 183 exemplaires cartonnés et 549 brochés. Bien sûr certains domaines, comme la guerre de Sécession, continuent à bien résister. Aucun champ de recherche ne peut être éliminé, même si les maisons d'édition en ont abandonné plusieurs, et la notion même de champ distinct semble problématique dans de nombreuses disciplines. Le paysage de l'édition savante demeure trop complexe pour être divisé en secteurs nets, mais pris dans sa totalité et considéré comme un marché, il apparaît en crise. Que des maisons d'édition entières fassent ou non faillite, une conclusion semble claire : la monographie est bien menacée.

Ce danger déborde sur le troisième aspect de la crise : la carrière des jeunes universitaires. Tout maître assistant connaît l'impératif catégorique « publier ou périr », qui se traduit en quelque chose de plus immédiat : pas de monographie, pas de titularisation. Il est déjà assez difficile pour un jeune docteur d'obtenir un poste, mais c'est alors que les difficultés les plus sérieuses commencent : s'installer dans un lieu nouveau, donner des cours pour la première fois, trouver une compagne ou un compagnon, ou fonder une famille et, pour couronner le tout, publier un livre. Supposons contre toute attente qu'un maître assistant réussisse en trois ou quatre ans à transformer sa thèse en une monographie de premier ordre, pourra-t-il la faire publier ? C'est peu probable.

Entrez dans le bureau de n'importe quel éditeur de presses universitaires et vous verrez des mémoires de thèse empilés par douzaines. L'éditeur vous expliquera, avec un soupir, que la maison ne peut se permettre d'en publier que deux ou trois par an et précisera, avec un soupir plus profond encore, qu'elle subit les pressions des commissions de titularisation qui veulent voir un livre imprimé accompagné de commentaires de lecteurs et d'articles critiques.

Les presses universitaires refusent à juste titre de se laisser entraîner dans les procédures de titularisation, mais souvent pour de mauvaises raisons — c'est-à-dire parce qu'elles se soucient davantage de leur résultat financier que de la répartition des responsabilités professionnelles. Qu'elles le veuillent ou non, elles fonctionnent comme un sas dans le processus d'avancement professionnel et, cependant, elles ne peuvent pas publier la plupart des manuscrits qu'elles reçoivent. Les auteurs de ces travaux ne réussiront probablement pas à franchir la prochaine étape de leur carrière. Ils risquent alors de sombrer dans la population instable des enseignants auxiliaires qui font de petits boulots là où ils peuvent en trouver, généralement pour un salaire insuffisant, des avantages dérisoires et sans aucune reconnaissance. Nous sommes peut-être en train de créer l'équivalent intellectuel des paysans de l'Oklahoma et de l'Arkansas des années de la Grande Dépression — des travailleurs universitaires itinérants équipés d'ordinateurs portables qui vivent à l'arrière de leur voiture.

Étant donné l'enchevêtrement de ces problèmes, l'édition numérique peut-elle apporter une solution ? Phase première de l'engouement pour les livres numériques, la période d'enthousiasme utopique se présente comme un avertissement contre des attentes irréalistes. Les esprits utopiques ont une foi aveugle dans l'efficacité de la main invisible si chère aux économistes. Laissez les entrepreneurs s'affronter sur le marché, disent-ils, et les bons moteurs de recherche chasseront les mauvais messages électroniques.

Cet argument peut valoir pour certains biens de consommation, peut-être même pour les livres grand public si l'on considère le succès d'entreprises comme Amazon.com. Mais pour ceux qui se soucient d'érudition et de vie intellectuelle en général, ce raisonnement a un parfum d'attentisme béat : ne faites rien et il se passera bien quelque chose. En fait, le cyberespace, tout comme l'économie, doit être régulé. Les universitaires devraient fixer les critères et maintenir le contrôle scientifique de qualité dans le monde universitaire, ce qu'ils peuvent faire en attaquant la crise en deux points : la phase où les jeunes enseignants transforment leur thèse en livre et celle où les professeurs chevronnés expérimentent de nouvelles formes d'études.

Nous pouvons, sans aucun doute, déverser un nombre illimité de thèses sur la Toile. Plusieurs programmes assurent déjà ce service — service véritable qui rend les travaux de recherche accessibles aux lecteurs. Mais, en général, ce genre de publication n'apporte que des informations et non pas un travail d'érudition complètement élaboré, tout au moins dans la plupart des humanités et des sciences sociales. Quiconque a lu des mémoires de thèse à l'état brut sait ce que je veux dire : ce ne sont pas des livres ; tout un monde les sépare. Pour devenir un livre, un mémoire doit être réagencé, allégé ici et étoffé là, adapté aux attentes d'un lecteur profane et réécrit du début à la fin, de préférence sur les conseils d'un éditeur expérimenté.

Les éditeurs qualifient souvent cette réécriture de « valeur ajoutée », mais ils ne rajoutent qu'une partie de la valeur que représente un livre. Les critiques des pairs, la conception de la page, la composition, l'impression, la commercialisation, la publicité — toute une batterie de compétences est nécessaire pour transformer un mémoire en monographie. Loin de simplifier ce processus, l'édition numérique ne fera que le compliquer, mais le résultat pourrait être un apport important en valeur. Un mémoire de thèse numérique pourrait contenir un nombre illimité d'appendices et de bases de données. Il pourrait être lié à d'autres publications d'une manière qui permettrait aux lecteurs de trouver de nouveaux cheminements dans les matériaux anciens. Et, les problèmes techniques une fois résolus, il serait possible de le produire et de le distribuer de façon économe en épargnant des frais de fabrication à l'éditeur et de l'espace aux bibliothèques.

Bien sûr, les problèmes sont gigantesques. Les coûts de démarrage sont élevés et les prix ne seront pas bas, au moins tant qu'il sera impossible aux maisons d'édition de s'offrir des collections entières de monographies numériques et aux bibliothèques de les acquérir en grand nombre afin de les rendre accessibles aux lecteurs par des licences de sites. Les lecteurs pourront alors les télécharger, les parcourir pour chercher ce qu'ils veulent étudier, imprimer les passages intéressants, les relier et les rapporter chez eux pour les lire sous la forme de livres tout faits. La technologie existe déjà aujourd'hui pour accomplir toutes ces tâches. En fait, les versions brochées des livres existants peuvent être produites sous forme numérique pour un prix bien inférieur à 50 dollars. Mais, pour publier des monographies originales de grande qualité, une presse universitaire devra assembler tous les éléments d'un système lui aussi original et de grande qualité pour la production et la distribution.

Dans le cas de l'histoire, discipline où la crise de l'édition universitaire est particulièrement aiguë, le livre électronique devra être particulièrement séduisant. Tout historien qui a fait de longues recherches connaît la déception de ne pouvoir communiquer l'immensité insondable des archives et le caractère infini du passé. Si seulement mon lecteur pouvait jeter un œil à l'intérieur de cette boîte, se dit-il, et voir toutes les lettres qu'elle contient et non pas uniquement les lignes de celle que je cite. Si seulement je pouvais suivre cette piste dans mon texte tout comme je l'ai suivie dans les dossiers alors que j'étais libre de faire des détours qui m'éloignaient de mon sujet principal. Si seulement je pouvais lui montrer comment les thèmes s'entrecroisent à l'extérieur de mon récit et s'étendent bien au-delà des limites de mon livre. Il ne s'agit pas que les livres échappent à l'impératif de ramener le récit à sa forme la plus simple, mais, au lieu de recourir à un argument pour clore une problématique, ils pourraient ouvrir de nouvelles voies pour tirer un sens des documents, offrir de nouvelles possibilités d'appréhender les matériaux bruts insérés dans le récit et une prise de conscience autre des complexités qu'implique la compréhension du passé.

Je ne défends ni une simple accumulation de données ni la connexion à des banques de données. Les prétendus hyperliens peuvent n'être qu'une forme élaborée de notes en bas de page. Au lieu d'encombrer le texte, je crois possible de les organiser en strates sous forme pyramidale. La strate supérieure serait une étude concise du sujet, disponible peut-être en livre broché. La strate suivante contiendrait des versions développées de divers aspects de l'argumentation, non pas organisés de façon séquentielle comme dans un récit, mais présentés sous forme d'unités autonomes liées au niveau supérieur. La troisième strate serait composée de documents, probablement de genres différents, chacun mis en relief par un essai interprétatif. Une quatrième pourrait être théorique ou historiographique, avec une sélection de travaux de recherche antérieurs et leurs discussions, tandis qu'une cinquième s'intéresserait à la pédagogie, quitte à comporter des suggestions pour l'enseignement et les discussions en classe, un programme d'étude modèle et des séries de cours. Une dernière strate, contenant des rapports de lecture, des échanges entre l'auteur et l'éditeur, des courriers de lecteurs, constituerait un corpus croissant de commentaires à mesure que le livre ferait son chemin auprès de divers publics.

Un livre de ce type inciterait à un genre nouveau de lecture, certains lecteurs se contentant d'un rapide parcours du récit supérieur, d'autres désirant lire verticalement et suivre certains thèmes de plus en plus profondément dans la documentation et les essais complémentaires. Un troisième groupe de lecteurs naviguerait dans des directions inattendues en quête de connexions qui répondent à leurs propres intérêts ou remanierait les matériaux pour les organiser à leur façon. Dans chaque cas, il serait possible d'imprimer et de relier les textes appropriés selon les exigences de chacun. L'écran d'ordinateur serait utilisé pour sélectionner et chercher des informations, alors que la lecture intensive et longue recourrait au codex conventionnel.

Loin d'être utopique, la monographie numérique pourrait répondre aux besoins de la communauté universitaire là précisément où ils réclament une solution urgente. Elle fournirait alors un instrument pour sérier les problèmes et ouvrir un nouvel espace à l'extension des connaissances. Le monde du savoir évolue si rapidement que personne ne peut prédire à quoi il ressemblera dans dix ans. Mais je crois qu'il demeurera dans la galaxie Gutenberg — même si cette galaxie connaît une expansion grâce à une nouvelle source d'énergie, le livre numérique, qui viendra compléter la grande machine de Gutenberg, non s'y substituer.

Pour conclure provisoirement…

COMMENT JE N'AI PAS ÉCRIT MON LIVRE NUMÉRIQUE[1]

Comme beaucoup d'universitaires, je suis sur le point de me lancer dans le cyberespace et je suis effrayé. Que vais-je y trouver ? Que vais-je perdre ? Et m'y perdrai-je moi-même ?

Alors que je m'approche de l'abîme de la Toile, je suis pris d'un accès d'affection pour les médias d'antan : le cours magistral et le livre. N'est-il pas remarquable qu'après des siècles d'usage ils soient tous deux encore puissants sur nos campus malgré l'avènement de l'ère dite de l'information ?

Si j'admire mes collègues plus jeunes qui insèrent de la musique et des images numériques dans leurs cours, je trouve préférable de m'adresser directement à mes étudiants sans rien d'autre qu'un bâton de craie et un tableau. Je suis historien et, quand je travaille dans les archives, je remplis des fiches de notes et je les classe dans des boîtes à chaussures, alors qu'autour de moi la jeune génération tape sur des ordinateurs portables et charge des images de documents sur des appareils photo numériques. J'aime les livres, les bons vieux livres. Selon moi, la culture du livre atteignit son apogée quand Gutenberg modernisa le codex et, à certains égards, le codex est supérieur à l'ordinateur. Vous pouvez le feuilleter, l'annoter, l'emporter au lit avec vous et le ranger commodément sur un rayonnage.

Si l'on écarte leurs défauts d'ordre mécanique, les textes informatisés transmettent un sentiment spécieux de maîtrise de l'espace et du temps. Ils ont des liens avec la Toile que nous tenons pour être infinie et qui, pensons-nous, nous connecte à tout car tout est numérisé ou le sera bientôt. Moyennant un moteur de recherche suffisamment puissant, nous imaginons pouvoir accéder au savoir sur toute chose dans le monde et même dans le passé. Tout est là sur Internet à attendre d'être chargé et imprimé.

Une telle conception du cyberespace entretient une étrange ressemblance avec la conception que se faisait saint Augustin de l'esprit de Dieu — omniscient et infini parce que son savoir s'étendait partout, au-delà même du temps et de l'espace. Le savoir pourrait également être infini dans un système de communication où les hyperliens s'étendraient à toute chose — sauf que, bien sûr, un tel système ne saurait exister.

Nous produisons bien plus d'informations que nous ne pouvons en numériser et, de toute façon, l'information n'est pas le savoir. Pour connaître le passé, nous devons en dégager les vestiges et apprendre à en tirer un sens. La plupart des gens se contentent de laisser ce travail de fouille aux historiens et de tirer un sens personnel des ouvrages que ceux-ci écrivent.

Malheureusement, les livres, eux aussi, ont leurs limites. Tout auteur sait combien il faut éliminer avant qu'un texte ne soit prêt pour l'impression et tout chercheur sait que bien peu de choses peuvent être étudiées dans les archives avant que le texte ne soit écrit. Les manuscrits semblent s'étendre à l'infini. Vous ouvrez une boîte, en retirez un dossier, l'ouvrez, en sortez une lettre, la lisez et vous vous demandez ce qui la relie à toutes les autres lettres de tous les autres dossiers dans toutes les autres boîtes, non pas simplement de ce fonds particulier, mais de toutes les archives qui peuvent exister. Dans leur immense majorité, ces lettres n'ont jamais été lues, et n'oublions pas que la plupart des gens n'ont jamais écrit de lettres et que les êtres humains se sont, pour le plus grand nombre, évanouis dans le passé sans laisser de trace de leur existence. Écrire l'histoire à partir des archives, c'est assembler le peu d'éléments que nous sommes capables d'appréhender pour en faire une image aussi significative que possible. Mais le résultat, sous la forme d'un livre d'histoire, ne rend pas plus compte du caractère infini de l'expérience que saint Augustin de l'esprit de Dieu.

Bref, les médias traditionnels ne sauraient prétendre maîtriser le passé mieux que les médias électroniques. Cependant, ces spéculations ont quelque chose d'irréel. La vision de banques de données ou de boîtes de manuscrits s'alignant à l'infini ne réconforte en rien les historiens qui traquent des thèmes dans les archives. Quelle que soit leur angoisse épistémologique, ils ont des problèmes concrets à résoudre. Dans mon cas, j'ai des douzaines de boîtes à chaussures pleines de fiches qui ne demandent qu'à être transformées en un livre — trop, en fait, pour entrer dans un seul ouvrage, trop même pour être maîtrisées. C'est pourquoi j'envisage le saut et souhaite écrire un livre électronique.

Voici comment cette idée fantaisiste a pris corps. Un « livre électronique », contrairement au codex imprimé, peut contenir de nombreuses strates organisées en forme de pyramide. Les lecteurs pourront télécharger le texte et parcourir la strate supérieure qui sera rédigée comme une monographie classique. Si cela leur suffit, ils imprimeront le texte, le relieront (il est possible aujourd'hui de brancher des relieuses aux ordinateurs et aux imprimantes) et l'étudieront à leur guise sous la forme d'un livre fabriqué sur commande. S'ils tombent sur quelque chose qui les intéresse plus particulièrement, ils cliqueront sur une autre strate et accéderont à un essai ou à un appendice supplémentaire. Ils pourront aussi continuer à s'enfoncer plus profondément dans le livre à travers un corpus de documents — bibliographie, historiographie, iconographie, musique de fond —, tout ce que j'aurai mis à leur disposition pour conduire à la compréhension la plus complète possible de mon sujet. Finalement, ils s'approprieront le sujet parce qu'ils y traceront leurs propres cheminements en le lisant de façon horizontale, verticale ou diagonale, selon les directions ouvertes par les liens électroniques.

J'ai conscience que décrire un tel livre est une chose, que le fabriquer en est une autre. Mais quiconque a l'expérience des archives que je viens de décrire aura du mal à résister à la tentation. Il m'est arrivé jadis de lire toutes les boîtes d'un fonds d'archives, les papiers d'une maison d'édition franco-suisse, la Société typographique de Neuchâtel : cinquante mille lettres, les seules archives complètes qui aient subsisté d'un éditeur du XVIIIe siècle. J'ai également lu la plupart des documents dans deux des plus vastes collections de la Bibliothèque nationale de France : la collection Anisson-Duperron et les papiers de la Chambre syndicale de la Communauté des libraires et des imprimeurs de Paris. Cet ensemble de documents donne une image étonnamment riche du monde des livres à l'âge des Lumières, mais les lire m'a pris onze étés et trois hivers sur une période de vingt-cinq ans.

Certes, je n'en ai pas souffert ; Neuchâtel, jolie ville près d'un lac, est située dans une bonne région viticole, adossée à une belle chaîne de montagnes, et Paris est un paradis. Ces recherches ont fourni la matière de plusieurs livres et articles, mais elles m'ont laissé des milliers de fiches que je n'ai jamais utilisées — et aussi le sentiment de n'avoir pas exploité toute la richesse de mon sujet. Les documents révèlent non seulement ce que les éditeurs imprimaient, mais comment ils décidaient quoi publier ; où les livres allaient, mais aussi comment les contrebandiers et les voituriers les traitaient à chaque étape des systèmes de transport ; qui écrivait, mais aussi comment les auteurs comprenaient l'entreprise d'écriture ; ce que le roi décrétait pour contrôler le commerce de la librairie, mais aussi comment censeurs, inspecteurs de police, bureaucrates et espions collaboraient à l'œuvre de répression. Ces matériaux ouvrent de nouvelles façons de penser l'histoire des idées, de l'économie, de la politique et de la société. Ils offrent la possibilité de réaliser l'idéal de ce que les Français nomment une

« histoire totale » — une histoire complète du livre comme force, en France, à la veille de la Révolution.

C'est plus vite dit que fait. Dans des tentatives précédentes pour accomplir cela, j'ai rédigé un chapitre de cent pages consacré au papier comme ingrédient du livre et l'ai laissé dans un tiroir. J'ai écrit soixante-quinze pages sur le commerce du livre dans la vallée de la Loire et l'ai jugé si encombré de détails que personne ne voudrait le lire. J'ai préparé une étude sur la façon dont un contrebandier se fit un passage jusqu'à la région du delta du Rhône, riche en livres, une autre sur la manière qu'eut un libraire de Besançon d'ingénieusement contourner l'ordonnance contre le piratage en 1777, une ensuite sur le commerce de l'entrepôt à Versailles, une encore sur la vie d'un agent littéraire à Paris, une de plus sur les aventures d'un commis voyageur (il passa cinq mois à cheval à vendre des livres à travers la plus grande partie du sud et du centre de la France ; le cheval mourut d'épuisement à Loudun où notre homme, qui notait toutes ses transactions dans son livre de dépenses, acheta une vieille haridelle)... Je pourrais poursuivre encore la liste de tous ces sujets prometteurs, mais je n'ai pas pu en faire un livre. Il y avait trop de choses à dire. Dès que je commençais un nouveau chapitre, je me trouvais à développer tant de détails que je me laissais emporter par les anecdotes ; et j'ai dû m'arrêter là, découragé par la crainte de passer le reste de ma vie comme chroniqueur de la Société typographique de Neuchâtel et d'écrire des volumes que personne ne lirait même si quelqu'un songeait à les publier.

La réponse est un livre numérique. Ce n'est pas qu'une publication de ce type permette des raccourcis, ni que j'aie l'intention de déverser tout le contenu de mes boîtes à chaussures sur Internet. J'envisage plutôt de travailler les matériaux de diverses façons, en couvrant les sujets les plus essentiels dans le récit supérieur et en incluant de brèves monographies, ainsi que des choix des séries les plus riches de documents, dans les strates inférieures. Mes lecteurs pourront se servir à leur guise dans les parties qu'ils préfèrent et même lier mon travail à celui d'autres personnes dans le champ en pleine expansion de l'histoire du livre. Un livre numérique sur l'histoire du livre au siècle des Lumières ! Je ne saurai résister et je vais franchir le pas.

Quoi qu'il advienne de cette histoire, j'espère qu'elle pourra servir à d'autres dans des circonstances semblables. Deux situations ne sont jamais vraiment identiques, je le sais. Peu d'historiens ont connu le luxe de travailler pendant des décennies dans des archives vierges. Mais quiconque a un doctorat s'est heurté à la difficulté de devoir imposer une forme lisible à des matériaux rétifs et résistants. Je suis convaincu qu'Internet modifiera le monde du savoir et que cette transformation a déjà commencé. Notre tâche, je pense, est de la prendre en charge afin de maintenir les critères les plus élevés du passé tout en en créant de nouveaux pour l'avenir. Quelle meilleure opportunité pour commencer cela que l'accompagnement d'étudiants actuellement en fin de thèse ? Ayant passé leur enfance avec des ordinateurs, ils sauront où ils vont quand ils se lanceront dans le cyberespace. Je resterai, moi, au bord, m'agrippant à mes boîtes à chaussures et au bagage intellectuel quel qu'il soit qui me permettra encore de tenir à flot, sans oublier quelques livres anciens comme les *Confessions* ou *La Cité de Dieu* de saint Augustin.

ANNEXES

GUTENBERG-E

En 1997, tant de problèmes avaient convergé dans le monde des livres qu'un changement fondamental semblait possible. J'espérais faire quelque chose en ce sens, au moins de façon modeste, parce que je pensais pouvoir impliquer l'American Historical Association[1] (l'Association d'histoire américaine) dans un projet visant à promouvoir un nouveau type de monographies, des mémoires de thèse remaniés pour une publication en ligne sous forme de livres numériques. Ayant été élu pour devenir président de l'AHA en 1999, j'ai alors consacré l'essentiel des années 1997 et 1998 à planifier ce projet qui vint à être connu sous le nom de Gutenberg-e.

Tout d'abord j'ai préparé une esquisse préliminaire dans l'espoir d'obtenir des subventions. Le projet, tel que je l'avais envisagé à l'origine et que je le conçois encore *a posteriori*, avait pour objectif principal de créer et de tester un modèle pour la publication d'ouvrages savants sur Internet. Il avait également deux autres buts : revivifier la monographie dans le domaine de l'histoire, où l'édition conventionnelle se révélait peu rentable, et aider les jeunes chercheurs à lancer leur carrière malgré les difficultés à se faire publier de façon traditionnelle.

Ayant à présent étudié des dizaines de comptes de profits et pertes, je sais que ma compréhension de la dimension économique de l'édition était, au mieux, naïve. J'avais imaginé tout d'abord que les livres numériques pouvaient être mis en ligne gratuitement — en tant que publications en libre accès subventionnées par des fondations ou des universités qui couvriraient les coûts assez longtemps pour voir si l'expérience était un succès. Quand j'ai sondé la fondation Andrew W. Mellon sur cette possibilité en février 1998, j'ai reçu une réponse encourageante accompagnée d'une question déconcertante : quel était mon plan de développement? Je n'avais jamais entendu parler de cela. Certes, j'avais acquis quelques rudiments sur l'aspect économique de l'édition lorsque je siégeais au comité de lecture de Princeton, de 1977 à 1981 inclus, mais je mesurais mal mon ignorance. En tant que simple profane, je croyais que les livres numériques offraient un moyen de réduire les coûts, non pas sur le plan éditorial où les compétences seraient toujours aussi cruciales, mais en papier, impression et reliure, et en frais d'entreposage, de transport, de manutention chez les libraires et de mise en place dans les bibliothèques.

En outre, il semblait probable que les livres numériques attireraient des acheteurs, en particulier dans les bibliothèques de recherche, parce qu'ils offriraient la possibilité de communiquer les travaux des chercheurs d'une nouvelle manière. Grâce à la numérisation, leurs auteurs pourraient apporter d'innombrables témoignages documentaires, illustrations, enregistrements sonores, films et liens avec d'autres publications, rendant le tout accessible sous forme de combinaisons qui dépasseraient de loin la capacité du codex imprimé. Bien sûr, les historiens sont connus pour leur conservatisme professionnel. Mais si nous pouvions trouver un moyen de sélectionner les meilleurs mémoires et d'en faire des publications modèles, leur simple qualité pourrait emporter l'adhésion des sceptiques. Le succès des livres numériques en histoire établirait des critères pour toutes sortes de publications savantes en ligne ; et, en brisant les murs qui endiguaient l'édition imprimée, il ouvrirait une voie à de nouvelles carrières universitaires.

La difficulté à se faire publier dans des domaines comme l'Amérique latine à l'époque coloniale et l'Europe au début des temps modernes accentue la malédiction du « publier ou périr » qui pèse sur la jeune génération de chercheurs. Certes ils sont confrontés à des difficultés démographiques, économiques et autres dans la lutte pour obtenir une titularisation, mais le moment où un nouveau docteur affronte la nécessité de transformer sa thèse en livre semble être le point où convergent les problèmes les plus urgents. Si nous portions nos efforts sur ce moment critique, nous pourrions tout à la fois développer un nouveau mode de diffusion du savoir, légitimer les livres numériques savants et promouvoir les carrières universitaires.

J'ai développé ces arguments dans la première esquisse du projet que j'ai soumise à la fondation Mellon au début de 1998. À cette date, comme à présent, les dirigeants de la fondation étaient désireux de soutenir des expériences qui promettaient d'améliorer les conditions fondamentales dans le monde du savoir. J'avais tissé des relations d'amitié avec eux au cours d'une expérience précédente, « Le séminaire Est-Ouest d'étude du XVIIIe siècle », qui avait réuni de jeunes chercheurs des deux côtés du rideau de fer pendant une semaine de débats intenses sur des questions qui touchaient aux désaccords universitaires aussi bien que politiques. Ce projet, que j'ai dirigé pendant sept ans grâce au financement de la fondation, m'a peut-être permis d'obtenir une écoute intéressée pour l'entreprise du livre numérique. Quoi qu'il en soit, les gens de la fondation réagirent favorablement à ma demande de soutien et m'accordèrent un don préliminaire pour couvrir les frais d'une réunion d'un comité d'experts qui devaient examiner divers aspects du projet et formuler des recommandations pour une proposition finale de subvention.

Composé pour l'essentiel d'éditeurs et de bibliothécaires sagaces, le comité mit en évidence l'amateurisme de mes idées lorsqu'il se réunit le 10 octobre 1998. Sanford Thatcher, directeur de la Penn State Press, déclara qu'il était impossible de déterminer les domaines précis où la monographie pouvait être considérée clairement comme une « espèce menacée d'extinction ». Un membre du comité remarqua effectivement : « Je me trouve moi-même fort embarrassé pour dire quels domaines sont "menacés" alors même que toute l'entreprise semble en difficulté. » Colin Day, alors directeur de la Michigan Press, insista sur le fait que préparer une publication électronique impliquerait plus de frais, et non moins, étant donné les complexités techniques et les impératifs de conception : comment les éditeurs et les techniciens construiraient-ils un ouvrage qui aurait l'« apparence » exigée pour réussir à promouvoir un nouveau mode de communication ? Et Ann Okerson, bibliothécaire adjointe à Yale, mit en lumière l'incompatibilité potentielle des trois objectifs que j'avais esquissés. Était-il vraiment possible de faire d'une pierre trois coups ? demanda-t-elle. Néanmoins, le comité entérina l'idée générale de créer des monographies numériques modèles, afin de préparer la voie à l'édition numérique dans un avenir que tout le monde s'accordait à voir comme digital. J'ai soumis une proposition plus modeste à la fin du mois d'octobre et la fondation a accordé un don généreux à l'AHA pour créer une série de livres d'histoire numérisés connue sous le nom Gutenberg-e.

De 2000 à 2006, l'AHA a parrainé un concours annuel pour les meilleures thèses d'histoire sélectionnées par des jurys d'historiens chevronnés de renom. L'objet de ce programme, ainsi que l'expliquait la proposition initiale (la proposition finale adoptait un langage plus formel), était de « sanctionner l'édition numérique en honorant si manifestement les récipiendaires que les commissions de titularisation et les administrations universitaires se réuniraient et en tiendraient compte. Si l'exemple était couronné de succès, il se répandrait et contribuerait à changer les règles du jeu dans la vie universitaire. Il pourrait également promouvoir un nouveau genre de communication savante au moment où éditeurs et bibliothécaires sont perplexes quant aux premières mesures à prendre dans le domaine difficile et risqué de l'édition numérique». Les lauréats, au nombre de six normalement chaque année, recevraient chacun un prix de 20000 dollars à consacrer en recherches complémentaires et autres frais nécessaires pour remanier leurs mémoires sous forme de livres numériques.

Bien sûr, ils avaient besoin d'une aide. Comme éditeur, nous avons choisi le plus efficace que nous puissions trouver, la Columbia University Press, qui était déjà engagée dans l'édition numérique grâce au succès de CIAO (Columbia International Affairs Online), sa collection d'articles et de documents de travail sur les relations internationales disponible en ligne par souscription. Alors que l'AHA organisait ces concours, Kate Wittenberg dirigeait la publication de Gutenberg-e à partir de Columbia. Elle organisa, avec le soutien financier de Mellon, des ateliers biannuels au cours desquels les nouveaux lauréats discutaient de leurs projets en groupe et s'entretenaient ensuite en privé avec les éditeurs, informaticiens, maquettistes et autres professionnels du livre. Les lauréats des années précédentes assistaient à ces ateliers ainsi que des éditeurs d'autres maisons. L'expérience acquise à Columbia commença donc à se diffuser dans l'industrie de l'édition et dans le monde universitaire.

Cependant, avant que les ateliers aient pu donner des résultats, nous avons rencontré des difficultés imprévues. Chose étonnante, il y eut peu de candidats, malgré une forte publicité et une large couverture de presse, au cours des premières années du concours. Nous avons appris que les directeurs de thèses dissuadaient leurs étudiants de concourir parce qu'ils craignaient qu'une publication en ligne ne fût pas considérée comme un livre véritable lors d'une embauche ou d'une titularisation. Une conception rigide de ce qu'était un livre empêcha également les premières monographies de Gutenberg-e de faire l'objet de nombreux articles critiques et recensions. Michael Grossberg, rédacteur de l'*American Historical Review*, contribua à lever cet obstacle en élaborant un protocole pour rendre compte des livres numériques en général et Columbia envoya des exemplaires imprimés des textes numérisés aux critiques qui ne voulaient pas les parcourir sur écran. Afin d'augmenter le nombre de candidats, nous avons ouvert le concours à une gamme plus large de sujets et avons complètement renoncé à notre tentative pour revivifier la monographie dans des domaines jugés en péril.

Grâce aux efforts et à la publicité intensive de l'AHA dans *Perspectives*, sa lettre d'information, et au cours des cérémonies de remise des prix, le nombre des candidatures augmenta dans les dernières années du programme. À cette époque, cependant, nous nous sommes trouvés confrontés à un autre problème ; bien que les mémoires distingués aient été excellents et que les lauréats aient représenté les meilleurs talents de leur génération, peu d'auteurs étaient capables d'achever leur livre numérique dans les délais. Écrire un livre, contrairement à un mémoire de thèse, prend plus de temps qu'ils ne l'avaient imaginé, et rédiger un livre numérique s'avérait deux fois plus difficile. Ils se heurtaient aux problèmes d'obtention des droits et d'achat des documents d'illustration. Beaucoup avaient fondé une famille, changé de postes et passaient de longues soirées à préparer des cours ou à s'occuper de leurs bébés. Comment auraient-ils trouvé le temps et l'énergie de composer un genre nouveau et ambitieux de livre ?

En conséquence, la ligne de production de Columbia s'engorgea et les retards dans la production touchèrent les ventes qui passaient en général par des licences de sites achetées par les bibliothèques. La souscription annuelle, pour accéder à tous les livres sous forme de série complète, coûtait 195 dollars. Les livres numériques se vendaient à 49,50 dollars l'exemplaire. En janvier 2005, quand le programme arriva à son terme, un nombre suffisant d'abonnements institutionnels avaient été souscrits, selon les calculs de Kate Wittenberg, pour couvrir les coûts. À cette date, cependant, la Columbia University Press, comme beaucoup de presses universitaires, connaissait des pressions économiques sévères. Elle décida qu'elle ne pouvait financer une version allégée du programme — l'AHA souhaitait continuer à administrer le concours, mais les distinctions devraient être honorifiques — après la fin de la subvention de Mellon en 2005. Finalement Columbia rendit tout le corpus, trente-cinq ouvrages, accessible sur une plate-forme en libre accès. Dans le même temps, les livres furent intégrés à un programme parallèle, Humanities E-Book, créé par l'American Council of Learned Societies, où ils sont disponibles par souscription et seront indéfiniment conservés.

Peut-on considérer que Gutenberg-e ait été un succès ? Je crois juste de dire que les livres, à titre individuel, représentaient les travaux de recherche les meilleurs et les plus novateurs des diplômés qui entrèrent dans la profession au cours de la première décennie du siècle. Certains, comme *The Door of the Seas and Key to the Universe : Indian Politics and the Imperial Rivalry in the Darien, 1640-1750* d'Ignacio Gallup-Diaz, ne diffèrent pas beaucoup dans leur « apparence » des monographies imprimées car ils sont conçus pour être lus de façon linéaire, page après page, chapitre après chapitre. D'autres, comme *Binding Memories : Women as Makers and Tellers of History in Magude, Mozambique* de Heidi Gengenbach, emploient enregistrements sonores, vidéos, images et liens hypertextes de façon à inviter le lecteur à aller dans de nombreuses directions en suivant des fonctions de recherche et des liens. Dans leur ensemble, les livres numériques exploraient un vaste champ des possibilités créées par la technologie digitale.

Les comptes rendus de lecture furent en général favorables sans être enthousiastes. Aucun critique ne discuta l'excellence des travaux et aucun ne ménagea ses louanges pour les volumes à titre individuel. Mais la série dans son ensemble parut décevante à Patrick Manning, professeur à Northeastern University, qui publia la critique la plus fouillée. « Les livres de Gutenberg-e apportent de solides contributions dans leurs domaines mais n'apparaissent pas aujourd'hui comme des avancées, soit en tant qu'ouvrages individuels, soit en tant que groupe[2] », concluait-il. Sanford Thatcher, qui avait suivi au début le projet à une distance critique, exprima finalement une appréciation plus positive : « Nous sommes encore loin d'avoir trouvé une solution pour créer pour les monographies une transition viable de l'imprimé à l'environnement électronique. [...] Mais le projet Gutenberg-e [...] devrait demeurer une source d'inspiration et de savoir expérimental pour des années encore et, à long terme, il se révélera sans aucun doute avoir valu l'investissement engagé[3]. »

Il devrait être possible dans un avenir assez proche de parvenir à un consensus sur la valeur de Gutenberg-e, parce que l'expérimentation en matière d'édition numérique ne saurait se comparer aux phénomènes historiques mondiaux qui défient toute interprétation définitive — du genre de ceux évoqués par Mao Tsé-toung dans sa célèbre réponse (probablement apocryphe) à la question sur la signification de la Révolution française : « Il est trop tôt pour le dire. » Gutenberg-e s'est-il heurté à des difficultés à cause de défauts dans sa conception ou parce que le projet était en avance sur son temps ? Je préfère la seconde interprétation bien que je sois, évidemment, partial. Je crois que Gutenberg-e a réussi en tant qu'expérience et qu'il serait réalisable comme entreprise durable. Une population croissante de gens « nés avec le numérique » trouve naturel de lire sur des machines. Beaucoup de leurs aînés se sont mis à cliquer dans les textes et à suivre des arguments au moyen de liens plutôt que tourner des pages de façon consécutive. Bien que le codex imprimé continue à dominer le marché, il ne fait plus autorité comme seule espèce possible de livre. L'expérimentation continue sous toutes sortes de formes numériques et hybrides.

« Rapport d'étape (2002)

« Aujourd'hui que le programme Gutenberg-e en est à la moitié de son calendrier de six ans, je peux formuler certaines réflexions sur ses progrès. Nous avons lancé les premiers livres numériques lors de l'assemblée de l'American Historical Association le mois dernier à San Francisco. Ce fut un moment de bonheur. Les superbes présentations faites par deux des lauréats de notre premier concours, Ignacio Gallup-Diaz et Michael Katten, associées à la proclamation des nouveaux gagnants de notre troisième concours, ont suscité un sentiment de triomphalisme. C'est là, bien sûr, un danger. Je crois que nous pouvons céder à un peu d'autosatisfaction, mais nous avons aussi rencontré des problèmes. J'aimerais les examiner ainsi que nos propositions pour y remédier, en laissant le détail des activités de l'année aux soins du bureau de l'AHA, dont le rapport suivra ces remarques.

« Dès le début de 1998, nous avions l'intention d'impulser un rythme rapide et de viser haut. Je crois à présent que le rythme a été trop rapide. Le premier concours a eu lieu en 1999 et les premiers lauréats connus en janvier 2000 ; les premiers ateliers se sont tenus en 2000-2001 et les premiers livres numériques ont été publiés en janvier 2002. Mais il n'y en a eu que deux. Certes, un troisième ouvrage a été remis en janvier et un quatrième devrait être terminé en mars. En outre, ceux qui ont dépassé la date limite ont des excuses valables (dans un cas, un enfant subitement atteint d'un cancer, dans un autre une grossesse et un accouchement). Mais je pense que la date limite fixée par la Columbia University Press — initialement un an étendu à deux — n'était pas réaliste. Les lauréats se trouvent confrontés aux difficultés de publier leur premier ouvrage tout en ayant à faire face à bien d'autres exigences, trouver un emploi, déménager, préparer leurs premiers cours et fonder une famille. Nous avons donc décidé de fixer un délai de deux ans et d'être souples. Il n'y aura pas de "lancement" annuel de six livres numériques, mais Columbia les mettra en ligne dès qu'ils seront disponibles. Certains, en fait, seront achevés en avance. Ainsi Greg Brown de la troisième année soumettra dans quelques semaines seulement son texte final qui sera publié avant certains des ouvrages de la première année. À présent que les premiers livres numériques ont paru, Columbia produira les autres en continu. Cela peut créer quelques difficultés pour son service commercial qui avait projeté de vendre un bloc de six livres par an (le prix actuel est de 195 dollars pour les six, un coût très bas selon moi). Mais il y a des moyens de contourner cet obstacle. Pour ma part, je crois avoir commis une erreur en mettant la barre trop haut. Au cours des premières années, j'ai souligné le potentiel novateur des livres numériques comme forme nouvelle de communication universitaire et les premiers lauréats se sont probablement sentis obligés de proposer quelque chose de trop complexe pour être réalisé en un temps bref. Dans des entretiens d'encouragement ultérieurs avec les lauréats, j'ai mis l'accent sur l'importance première de la qualité et sur la nécessité d'éviter la tentation d'introduire des "fonctionnalités" de toutes sortes.

« Le deuxième problème concerne nos objectifs élevés. Nous avons essayé de faire trop de choses à la fois : chercher à résoudre la question de la monographie en péril, créer un nouveau genre de livre, le légitimer aux yeux de la profession, aider les jeunes historiens à franchir le premier obstacle dans leur carrière et favoriser les historiens indépendants qui n'ont pas de postes d'enseignement dans le supérieur. Au lieu d'être submergés de candidatures, comme je l'espérais, nous avons reçu relativement peu de mémoires durant les trois premières années. Alors que la date limite pour le concours de l'an passé approchait, nous n'avions que quatre candidatures. Nous avons modifié le calendrier, élargi le champ du concours et nous nous sommes bientôt trouvés avec quarante candidats. Finalement nous avons été heureux du résultat, mais bien punis. Je crois à présent qu'il vaut mieux se concentrer sur la production d'excellents livres numériques d'un genre qui fixera un critère de qualité et qui légitimera l'objet dans le même temps. Nous envisageons donc d'élargir le champ des concours suivants au lieu de le restreindre aux domaines dans lesquels il est très difficile d'être publié.

« Un troisième problème concerne l'administration du programme. L'an dernier, le Conseil de l'AHA a voté pour me retirer la supervision au jour le jour de Gutenberg-e et la confier à la Division de la recherche sous la direction d'un vice-président de l'AHA. Je ne pense pas que quiconque ait été mécontent de ma gouvernance, mais le sentiment était que Gutenberg-e, au lieu d'être le projet chéri de Robert Darnton, devait être intégré aux activités normales de l'Association. Cette décision me convenait car Gutenberg-e avait mobilisé une grande partie de mon temps et de mon énergie au cours des quatre dernières années. Je me suis retiré à l'arrière-plan, comme membre d'un comité de supervision dont la fonction essentielle est de choisir les sujets et les jurés pour le concours annuel. Mais, malgré un excellent travail du personnel de l'AHA, personne n'a coordonné tous les aspects du programme, qui sont nombreux, et il y a toujours quelques petits accrocs. Lors de l'assemblée de San Francisco, nous avons donc décidé de retirer la direction du programme de la Division de la recherche et de la confier au directeur exécutif de l'AHA, Arnita Jones. Arnita Jones connaît l'importance de Gutenberg-e pour l'AHA et elle a promis de consacrer une grande part de son immense énergie à faire tourner le programme. Elle a également embauché un assistant à mi-temps, titulaire d'un doctorat d'histoire, pour l'aider dans ses tâches quotidiennes. Je juge cette solution parfaite et je continuerai à participer activement au programme comme membre du comité de supervision.

« Les détails des activités de l'année peuvent être examinés dans les rapports financiers et d'activités qui suivent. J'aimerais mentionner une dernière question : que va-t-il advenir de cette initiative lorsque le programme prendra fin en janvier 2005 ? (Bien sûr, étant donné l'extension des délais, les derniers livres numériques seront publiés jusqu'en janvier 2007.) Rassurez-vous, je ne vais pas demander sa reconduction. Mais je pense que l'AHA devrait tirer parti du succès du programme — succès réel, même à ce stade prématuré — afin d'asseoir l'édition numérique en tant que forme légitime de communication du savoir. Bien que mes idées soient quelque peu vagues à ce moment, je crois que l'AHA devrait utiliser son nouveau site, le History Cooperative Web Site, pour créer une collection qui s'appellerait "The History Cooperative Monographs". L'Association devrait publier des mémoires de grande tenue sans restriction en nombre ni limitation des sujets, mais en les soumettant à un groupe de juges très qualifiés pour en garantir la qualité. Il pourrait y avoir plusieurs groupes, chacun représentant un domaine général d'études, ou le comité éditorial de l'*American Historical Review* pourrait superviser l'arbitrage, étendant ainsi sa fonction de gardien dans la vérification scientifique des articles. Les mémoires pourraient être publiés sous leur forme même ou être remaniés en tant que livres électroniques. Mais il n'est pas nécessaire qu'ils subissent la transformation éditoriale et électronique complexe qui caractérise les livres du projet Gutenberg-e. La Columbia University Press devrait avoir la possibilité de publier cette série elle-même si elle souhaite poursuivre l'expérience Gutenberg-e sous une autre forme qui impliquerait moins de travail éditorial et un plus grand nombre de mémoires. Sinon, l'Illinois University Press, qui est associée à la History Cooperative, pourrait désirer en être l'éditeur. Il est nécessaire d'explorer de nombreuses possibilités et de résoudre bien des problèmes, y compris d'ordre financier. Quoi qu'il arrive, nous devrions concevoir une suite à donner à Gutenberg-e et réfléchir dès à présent à un avenir qui n'est qu'à quatre années de nous.

ROBERT DARNTON

Ancien président de l'American Historical Association »

GOOGLE DÉBOUTÉ, LE PUBLIC GAGNE

Malgré la décision prise le 23 mars 2012 par le juge Denny Chin de rejeter l'accord qui rendait possible le projet de Google visant à numériser et à vendre des millions de livres, il est encore trop tôt pour procéder à l'examen *post mortem* de cette tentative. Google Book Search pourrait fort bien renaître de ses cendres, ressuscité par quelque nouvel accord avec les auteurs et éditeurs qui l'ont traîné en justice pour infraction présumée à leurs droits patrimoniaux. Cependant c'est le bon moment pour prendre la mesure du terrain déjà parcouru par Google depuis qu'il a entrepris de donner accès à tous les livres du monde. Qu'est-ce qui a mal tourné ?

Le juge Chin a précisé certaines des erreurs de parcours non mentionnées dans les 48 pages d'attendus qui étayaient sa décision. Son raisonnement suit les différents stades de l'évolution de l'entreprise :

— 2004 : Google commence à numériser des ouvrages des bibliothèques de recherche et en met des extraits en ligne pour consultation sur son site.

— 2005 : The Authors Guild and Association of American Publishers, collectif d'auteurs et d'éditeurs, poursuit Google pour violation des copyrights.

— 28 octobre 2008 : au terme de rudes négociations, Google et les plaignants déposent une proposition d'accord auprès du tribunal fédéral d'instance de New York.

— 13 novembre 2009 : en réponse aux centaines d'objections émises par le tribunal, Google et les plaignants soumettent un Amended Settlement Agreement (ASA), ou accord de règlement modifié.

— 18 février 2010 : le juge Chin préside une audience sur l'équité de l'accord au cours de laquelle la plupart des objections sont soulevées.

— 23 mars 2011 : le juge Chin rejette l'ASA.

Ce qui avait commencé comme un site de recherche en ligne s'était métamorphosé au cours de ces sept années en la plus grande bibliothèque et la plus grande librairie jamais imaginées. Si Google s'en était tenu à son projet originel, il aurait peut-être eu gain de cause en invoquant le principe d'usage loyal ou raisonnable. Mettre en ligne quelques phrases sous la forme d'extraits ne pouvait guère être assimilé à la reproduction d'une proportion telle de texte que Google s'appropriait en fait le livre entier. La première version de Google Book Search n'entrait pas vraiment en concurrence commerciale avec les éditeurs, car Google fournissait gratuitement son service de recherche, quoiqu'il associât des publicités à ses contenus.

Puis les juristes entrèrent dans la danse. Pendant plus de deux ans, les équipes juridiques de Google et des plaignants chicanèrent sur des points de détail afin de résoudre leurs différends et de créer un partenariat dans une entreprise commerciale commune. (Les honoraires des juristes s'élevèrent finalement à 45 millions de dollars.) Le résultat, Google Book Search, présentait de nombreux aspects positifs. Il promettait surtout de rendre des millions de livres accessibles à des millions de lecteurs. Il offrait également la possibilité aux auteurs de voir leurs ouvrages épuisés renaître et être largement diffusés, au lieu de rester sans être lus sur les rayonnages des bibliothèques de recherche. Les auteurs percevraient des droits sur les ventes au détail des exemplaires numériques et les bibliothèques auraient accès à toute la banque de données en payant un abonnement annuel. Si les tarifs étaient modérés, tout le monde y gagnerait.

L'accord présentait de nombreux autres avantages : service gratuit sur un terminal d'ordinateur au moins dans les bibliothèques publiques, mesures particulières pour aider les malvoyants et accès à la base de données de Google pour des recherches quantitatives à vaste échelle. Son principal défaut, selon de nombreux critiques, était son aspect commercial. Google demandait aux bibliothèques de lui fournir leurs livres gratuitement — pas tout à fait au demeurant car Google payait la numérisation, mais les bibliothèques assumaient de lourds frais transactionnels (l'université Harvard régla 1,9 million de dollars pour la numérisation des 850 000 ouvrages du domaine public qu'elle fournit à Google). En retour, les bibliothèques devaient racheter l'accès à ces livres sous forme numérique à un tarif de souscription qui risquait de grimper à des niveaux ruineux. Le taux de souscription serait fixé par un Book

Rights Registry (bureau d'enregistrement des droits afférents aux livres) composé de représentants des auteurs et des éditeurs qui avaient intérêt à maximiser leurs revenus. Ainsi, l'accord pouvait ressembler à un moyen de conquérir et de diviser un marché lucratif : 37 % des revenus iraient à Google et 63 % aux plaignants qui étaient devenus ses associés. Personne ne représentait l'intérêt public et aucune autorité publique n'avait le pouvoir de contrôler une opération qui semblait disposée à déterminer le sort des livres fort loin dans l'avenir numérique.

Dans ses attendus, le juge Chin ne s'attarde pas sur les aspects commerciaux de Google Book Search, sauf dans la mesure où ils constituent une menace visant à restreindre la concurrence. Deux mémoires du ministère de la Justice avaient alerté le juge sur le danger de violation de la loi antitrust Sherman, et Denny Chin soulève une objection en particulier sur la façon dont cette menace pesait sur la numérisation et la vente de livres orphelins — ouvrages sous copyright dont les détenteurs de droits n'ont pas été identifiés. Ces livres — et, de façon générale, les droits non réclamés — sont cruciaux pour toute l'entreprise car leur nombre est considérable, cinq millions peut-être selon une récente estimation. Pour la plupart, ils datent de la période 1923-1964, lorsque la loi sur le copyright était particulièrement ambiguë. Toute base de données qui les exclurait serait terriblement incomplète, mais toute entreprise qui les inclurait exposerait le responsable de la numérisation à de ruineux procès. Les dommages et intérêts s'élèveraient alors probablement à 100 000 dollars par titre au minimum. L'accord réglait ce problème en accordant à Google une exemption exclusive de poursuites en justice. Si des détenteurs de copyrights non réclamés se manifestaient, ils recevraient une compensation, mais ne pourraient prétendre à des dommages et intérêts.

Dans sa première version, l'accord allait plus loin. Il faisait de Google et des plaignants les détenteurs réels des livres orphelins et leur permettait d'empocher les revenus de leur vente, même si personne dans l'entreprise de Google n'avait eu quoi que ce soit à voir avec la création de ces œuvres. La version amendée du règlement supprimait cette clause, mais elle persistait à accorder à Google la protection légale exclusive d'une façon qui excluait les concurrents potentiels. Cela revenait à modifier la loi sur le copyright par une procédure judiciaire et non législative.

En s'opposant à cet aspect de l'accord, le juge Chin insiste pour qu'une question d'une telle importance soit réglée par le Congrès, d'autant plus que l'accord définirait les activités futures au lieu de simplement remédier aux torts causés dans le passé. Les poursuites judiciaires en nom collectif concernant l'avenir semblent incertaines aux yeux des tribunaux et l'affaire Google Book Search comportait également une clause de renoncement douteuse. Cette clause prévoyait que tout auteur d'un livre sous copyright mais non disponible dans le commerce (c'est-à-dire, pour l'essentiel, sous forme imprimée) serait censé avoir accepté les termes de l'accord sauf à avoir notifié Google du contraire. Le juge Chin relève que 6800 auteurs ont renoncé à leurs droits, signe que l'accord avait pu paraître inacceptable à une large part de la classe que le collectif des auteurs (Authors Guild) affirmait représenter.

À combien de personnes s'élève cette classe ? Le collectif compte 8 000 membres, mais il doit y avoir bien plus de 100 000 écrivains vivants qui ont publié un livre au cours des cinquante dernières années. Beaucoup de ces auteurs sont des universitaires qui ne dépendent pas de la vente de leurs livres pour vivre. Certains d'entre eux ont envoyé un mémoire au tribunal pour dire qu'ils préféraient que leurs ouvrages épuisés soient rendus accessibles gratuitement parce qu'ils tenaient davantage à la diffusion de leurs idées qu'au petit revenu qu'ils pourraient tirer des ventes. Bien sûr, on le comprendra, les ventes ont un intérêt vital pour les écrivains professionnels qui firent tout leur possible pour tirer le meilleur parti de la transaction avec Google. Le juge Chin ne déprécie aucun motif, mais il prend en compte la représentativité de la classe impliquée dans l'action en nom collectif et les intérêts antagonistes de ses membres.

Il mentionne également d'autres problèmes qui avaient été soulignés dans les 500 avis d'experts extérieurs (*amicus curiae*) et mémoires soumis à la cour. Deux ressortent plus particulièrement.

Des auteurs et éditeurs étrangers objectèrent que l'accord violait la Convention universelle sur le droit d'auteur. Google numérisait beaucoup de leurs ouvrages sans avoir leur approbation, alors même que ces gens détenaient des droits dans leur propre pays, et l'accord les traitait comme s'ils entraient dans la même classe que celle des détenteurs de droits américains, en dépit du fait qu'ils n'avaient guère les moyens d'en examiner les termes et de faire jouer la clause de renoncement. L'ASA répondait à la plupart de ces objections en éliminant les livres sous copyright publiés à l'étranger à l'exception du Royaume-Uni, du Canada et de l'Australie. Mais les étrangers continuaient à protester contre la violation potentielle de leurs droits et relevaient qu'ils connaissaient eux aussi un problème avec les livres orphelins.

Pour beaucoup de protestataires, Google Book Search menaçait de violer leur vie privée. En gérant ses ventes de livres individuels ainsi que l'accès à sa banque de données au moyen de souscriptions institutionnelles, il amasserait des informations sur le caractère privé de l'acte de lecture. Il saurait qui a lu quoi, y compris les passages précis qui ont été lus et le moment exact où ils ont été consultés. L'ASA apportait quelques garanties contre ce danger, mais le juge Chin en recommande davantage si l'ASA doit être révisé et soumis de nouveau au tribunal.

Le juge Chin insiste sur la possibilité pour une nouvelle révision d'être acceptée par la cour si ses clauses clés consistent en conditions d'adhésion et non plus de renoncement. Dans ce cas, les auteurs d'ouvrages sous copyright et épuisés ne seraient plus censés avoir accepté l'accord à moins d'en avoir notifié l'intention. De même, aucun livre orphelin ne pourrait être intégré dans la banque de données à moins que leurs détenteurs n'aient été identifiés et n'aient consenti à les rendre accessibles. Mais comment Google pourrait-il retrouver et convaincre ces auteurs d'accepter les termes de son accord ? Il semblerait que la logistique et les frais de transaction rendent cette tâche impossible.

L'effet cumulatif de ces objections, entérinées en grande partie par la décision du juge Chin, pourrait laisser penser que l'accord, même dans sa version amendée, est si imparfait qu'il mérite d'être considéré mort et enterré. Mais cela signifierait perdre ses nombreux points positifs. Comment pourrait-on préserver ses avantages sans les inconvénients qui leur sont liés ? En créant une Digital Public Library of America (DPLA), ou Bibliothèque numérique publique américaine — c'est-à-dire un fonds d'ouvrages de tous formats qui rendrait notre héritage culturel accessible gratuitement en ligne pour tout le monde et en tout lieu.

Ayant si souvent défendu une telle solution alternative à Google Book Search, je risque d'être victime de ce syndrome connu en France sous l'expression « prêcher pour sa paroisse ». Au lieu de monter en chaire et de répéter mes arguments, j'aimerais montrer ce qu'un plaidoyer en faveur de la DPLA serait si on la comparait à des projets semblables dans d'autres pays.

Les tentatives les plus impressionnantes de création de bibliothèques numériques nationales sont actuellement en cours en Norvège et aux Pays-Bas. Elles jouissent d'un soutien de l'État et comportent des projets de numérisation de livres sous copyright, y compris ceux encore sur le marché, au moyen d'accords collectifs — non pas de procédés juridiques comme le procès en nom collectif employé par Google et ses associés, mais des arrangements volontaires qui concilient les intérêts des auteurs et des éditeurs détenteurs de droits avec ceux des lecteurs désireux d'avoir accès à tout dans leur langue maternelle. Bien sûr, le nombre de livres en norvégien ou en néerlandais est faible comparé à celui des ouvrages en anglais. Pour avoir une idée de ce qui pourrait se faire aux États-Unis, il vaut mieux examiner une autre entreprise, la bibliothèque numérique paneuropéenne connue sous le nom d'Europeana.

Europeana, qui compte déjà des bureaux à La Haye, est encore au stade de l'élaboration, mais sa structure de base est bien développée. Au lieu d'accumuler des collections qui lui sont propres, elle fonctionnera en rassembleur d'agrégateurs de contenus — c'est-à-dire qu'elle uniformisera des données venant de fournisseurs dans des lieux centralisés qui auront eux-mêmes intégré des données dérivées de nombreuses sources individuelles. L'information sera donc amassée et coordonnée à trois niveaux : les bibliothèques particulières numériseront leurs collections ; les centres régionaux et nationaux les intégreront dans des bases de données centrales ; et Europeana transformera ces bases de données des 27 pays constitutifs en un unique réseau sans points de suture. Tous ces flux d'information demeureront invisibles aux utilisateurs qui chercheront simplement un document — livre, image, enregistrement, film vidéo —, et le système les dirigera vers une version numérisée dudit document, où qu'il soit, le rendant ainsi disponible pour un chargement sur un ordinateur personnel ou une tablette électronique.

Pour assurer un tel service, le système exigera non seulement une architecture technologique efficace, mais aussi un moyen de coordonner l'information nécessaire pour localiser les documents numérisés — ou « métadonnées », dans le jargon des bibliothécaires. Le personnel d'Europeana à La Haye a mis au point un code pour harmoniser les métadonnées qui proviendront de toute l'Europe. Contrairement à Google, Europeana ne stockera pas ses dossiers numérisés dans une seule base de données ou un seul serveur. Elle fonctionnera comme un centre neuronal, ou ce que l'on connaît sous le nom de « réseau réparti », laissant les bibliothèques, les archives et les musées numériser et conserver leurs propres collections dans le système nerveux de l'organisme entier.

Une bibliothèque numérique américaine pourrait fort bien suivre ce modèle, quoique Europeana n'ait pas encore démontré sa viabilité. Quand un prototype fut mis en service le 20 novembre 2008, il fut submergé par un nombre tel de tentatives de recherche que le système se bloqua. On peut néanmoins considérer que cet échec témoigne de la demande pour une telle bibliothèque géante. Depuis, Europeana a accru ses capacités. Elle sera de nouveau en service à plein régime dans un avenir proche et espère rendre gratuitement accessibles, en 2015, trente millions de documents, dont un tiers de livres.

Qui paiera alors ? L'Union européenne en puisant dans les contributions de ses États membres. (Le budget actuel d'Europeana est de 4923000 euros, mais l'essentiel des coûts incombe aux institutions qui créent et conservent les fichiers numériques.) Il se peut que ce modèle financier ne soit pas adapté aux États-Unis, mais nous jouissons, nous Américains, d'une chose qui manque à l'Europe, un riche ensemble de fondations indépendantes consacrées au bien public. En alliant leurs forces, quelques dizaines de fondations pourraient apporter assez d'argent pour créer et faire fonctionner la DPLA. Il est impossible à cet instant de donner ne serait-ce qu'une estimation approximative des coûts totaux, mais ils devraient être inférieurs aux 750 millions d'euros que le président Sarkozy a promis pour la numérisation du « patrimoine culturel » de la France.

En outre, pour constituer ses collections de base, elle pourrait puiser dans les livres du domaine public actuellement stockés dans les archives numériques d'organisations à but non lucratif comme Hathi Trust et l'Internet Archive — ou (pourquoi pas ?) dans les serveurs de Google même, s'il y consent.

Une fois sa structure de base construite, la DPLA pourrait s'enrichir petit à petit. Et, une fois démontrée sa capacité à fournir des services — pour l'éducation à tous les niveaux, les besoins d'informations du monde des affaires, la recherche dans tous les domaines —, elle pourrait attirer des fonds publics. Sa viabilité à long terme demeurerait cependant un problème à résoudre.

D'autres difficultés doivent être traitées dans l'avenir proche. Ainsi que l'a démontré l'affaire Google, presque tout ce qui a été publié depuis 1923, lorsque ont commencé à s'appliquer les restrictions liées au copyright, est interdit à la numérisation et à la diffusion. La DPLA doit respecter le copyright. Afin de réussir là où Google a échoué, elle devra inclure plusieurs millions de livres orphelins mais ne pourra le faire tant que le Congrès n'aura pas dégagé la voie à une législation appropriée. Le Congrès avait pratiquement adopté des lois sur ces ouvrages en 2006 et 2008, mais a connu un échec à cause de l'incertitude concernant Google Book Search. Une bibliothèque numérique à but non lucratif véritablement dédiée au bien public aurait un tel profit pour leurs électeurs que les membres du Congrès pourraient adopter une nouvelle loi soigneusement rédigée pour protéger la DPLA des poursuites judiciaires au cas où des détenteurs de droits sur des livres orphelins seraient repérés et lanceraient une action en dommages et intérêts.

Mieux encore, le Congrès pourrait créer un mécanisme de compensation pour les auteurs portant sur le chargement de livres épuisés mais couverts par le copyright. Les accords collectifs volontaires entre auteurs de livres disponibles, comparables à ceux de Norvège et des Pays-Bas, pourraient rendre une grande partie de la littérature contemporaine accessible par le biais de la DPLA. Les problèmes de droits d'auteur liés aux ouvrages produits hors des États-Unis pourraient être résolus par des accords entre la DPLA et Europeana, ainsi que par des alliances semblables avec des collecteurs d'autres continents. Les documents de divers formats « nés sous forme numérique » posent encore plus de problèmes. Mais le caractère non commercial de la DPLA et son engagement pour le bien public rendraient de telles difficultés moins impressionnantes qu'elles semblaient l'être quand elles étaient l'affaire d'une entreprise désireuse de maximiser les profits aux dépens du public et de ses concurrents.

En bref, l'échec de l'accord a beaucoup à nous apprendre. Il devrait nous inciter à nous inspirer des aspects positifs de Google Book Search et à éviter les défauts qui ont entaché, dès l'origine, son entreprise. La meilleure façon d'y parvenir, pour donner au peuple américain ce qu'il attend afin de prospérer dans la nouvelle ère de l'information, est donc de créer une Bibliothèque numérique publique américaine.

ROBERT DARNTON

APPENDICES

BIBLIOGRAPHIE

ADAMS, Thomas R., et Nicolas BARKER, *A Potencie of Life : Books in Society*, sous la dir. de Nicolas Barker, Londres, The British Library, 1993.

BAKER, Nicholson, *Double Fold : Libraries and the Assault on Paper*, New York, Random House, 2001.

BOWERS, Fredson, *Principles of Bibliographical Description*, Princeton, Princeton University Press, 1949.

DARNTON, Robert, *Gens de lettres, gens du livre*, trad. de Marie-Alyx Revellat, Paris, Éditions Odile Jacob, 1992.

GALLUP-DIAZ, Ignacio, *The Door of the Seas and Key to the Universe : Indian Politics and the Imperial Rivalry in the Darien, 1640-1750*, New York, Columbia University Press, 2001.

GASKELL, Philip, *A New Introduction to Bibliography*, Oxford, G.-B., Clarendon Press, 1972.

GENGENBACH, Heidi, *Binding Memories : Women as Makers and Tellers of History in Magude, Mozambique*, West Sussex, NY, Columbia University Press, 2005.

GERE, J. A., et John SPARROW, éd., *Geoffrey Madan's Notebooks*, Oxford, G.-B., et New York, Oxford University Press, 1981, rééd. 1985.

HINMAN, Charlton, *The Printing and Proof-Reading of the*

First Folio of Shakespeare, Oxford, G.-B., Clarendon Press, 1963.

LOCKRIDGE, Kenneth A., *On the Sources of Patriarchal Rage. The Commonplace Books of William Byrd and Thomas Jefferson and the Gendering of Power in the Eighteenth Century,* New York, New York University Press, 1992.

LOWRY, Martin, *The World of Aldus Manutius : Business and Scholarship in Renaissance Venice,* Londres, Blackwell, 1979.

MCKENZIE, Donald F., *Making Meaning. «Printers of the Mind» and Other Essays,* présenté par Peter D. McDonald et Michael F. Suarez, S. J., Amherst et Boston, University of Massachusetts Press, 2002.

MCKENZIE, Donald F., *The Cambridge University Press, 1696-1712,* Cambridge, G.-B., Cambridge University Press, 1966.

MCKERROW, R. B., *An Introduction to Bibliography for Literary Students,* Oxford, G.-B., Clarendon Press, 1928.

NORTON, Mary Beth, et Pamela GERARDI, sous la dir. de, *The American Historical Association's Guide to Historical Literature,* 2 vol., New York, Oxford University Press, 1995.

ORGEL, Stephen, et A. R. BRAUNMULLER, sous la dir. de, *The Complete Pelican Shakespeare,* Londres et New York, Penguin, 2002.

PATTEN, Robert L., et Robert PATTEN, *Charles Dickens and His Publishers,* Santa Cruz, Dickens Project, University of California, 1991.

SHARPE, Kevin, *Reading Revolutions. The Politics of Reading in Early Modern England,* New Haven, CT, Yale University Press, 2000.

STARK, Gary D., *Entrepreneurs of Ideology : Neoconservative Publishers in Germany, 1890-1933,* University of North Carolina, 1981.

THOMSON, John, sous la dir. de, *Books & Bibliography :*

Essays in Commemoration of Don McKenzie, Wellington, Nouvelle-Zélande, Victoria University Press, 2002.

WELLS, Stanley, et Gary TAYLOR, sous la dir. de, *The Complete Oxford Shakespeare*, Oxford, G.-B., Oxford University Press, 1987.

WILSON, Douglas L., *Jefferson's Literary Commonplace Book*, Princeton, NJ, Princeton University Press, 1989.

WILSON, F. P., *Shakespeare and the New Bibliography*, présenté par Helen Gardner, Oxford, G.-B., Clarendon Press, 1970.

NOTES

INTRODUCTION

1. Je remercie Bernard Rosenthal pour la traduction en anglais de ce passage, qu'il m'a aimablement communiquée.

2. Mon éditeur américain, PublicAffairs, a rendu également accessibles mes propos sur Internet et en enregistrements audio. La plupart de ces essais ont paru à l'origine dans la *New York Review of Books* dont l'éditeur, Robert Silvers, corrige ma prose et affine ma pensée depuis quarante ans. J'aimerais lui exprimer ici ma gratitude ainsi qu'à Peter Osnos et Clive Priddle des éditions PublicAffairs dont les compétences furent cruciales pour transformer ces textes en livre.

Éric Vigne, aux Éditions Gallimard, m'a proposé, afin d'adapter au contexte français mon approche d'un débat qui semble parfois porter sur la nationalité anglo-saxonne du principal opérateur plutôt que sur les divers aspects de la technologie numérique, de fusionner les onze essais de l'édition américaine en six chapitres et un épilogue qui accentuent, par leurs allers-retours temporels, la nécessaire mise en perspective, comparative ou pas, des aspects les plus urgents de la question numérique. Qu'il trouve ici l'expression de mes remerciements.

I

LA LECTURE ET SES MYSTÈRES

1. John Milton, *Le Paradis perdu*, trad. de F. R. de Chateaubriand, Paris, C. Gosselin et Furne, 1836, tome II, p. 161-162.

2. John Milton, *Samson Agonistes*, trad. de Floris Delattre, Paris, Fernand Aubier, Éditions Montaigne, 1963, p. 193.

3. Lisa Jardine et Anthony Grafton, « "Studied for Action" : How Gabriel Harvey Read his Livy », *Past & Present*, n° 129, novembre 1990, p. 31-78.

II

QUE NOUS APPREND SUR DEMAIN L'HISTOIRE DU LIVRE ?

1. Il y a une trentaine d'années paraissait « What Is the History of Books ? », un article dans lequel je tentais de décrire l'histoire du livre comme nouveau champ d'étude et de suggérer comment ses divers aspects pourraient être mis en œuvre pour aborder un ensemble commun de problèmes. Cette publication ayant déclenché de nombreux débats et ayant été largement proposée comme document de travail dans les cours, on m'a demandé de lui donner une suite révisée, « "What Is the History of Books ?" Revisited », qui a paru dans *Modern Intellectual History* (2007), vol. 4, p. 495-508. Ce nouvel article replace dans son contexte l'essai original, que je ne reprends pas ici, et décrit les travaux qui l'ont suivi.

Revenir sur le passé me rappelle aussi que mon essai de 1982 ne rend pas justice aux avancées de l'histoire du livre survenues au cours du quart de siècle suivant. Cet essai a été assez souvent réédité et discuté pour qu'apparaissent ses imperfections. Je ne me propose donc pas de le réécrire, mais j'aimerais indiquer comment il serait possible de l'améliorer et de décrire l'expérience du travail dans les archives dont il est le fruit. Je ne peux le faire qu'à la première personne du singulier, me livrant ainsi à quelques précisions autobiographiques. Toutefois, en proposant un modèle d'étude de l'histoire du livre il y a une trentaine d'années, je n'avais pas l'intention d'expliquer aux historiens du livre comment ils devaient faire leur travail. J'espérais que le modèle suggéré pourrait être utile de façon heuristique et jamais je ne l'ai cru comparable aux modèles appréciés des économistes dans lesquels vous insérez des données, les retravaillez et parvenez à un résultat définitif. (Je ne crois pas qu'il existe de résultats en histoire.) Il me semblait en 1982 que l'histoire du livre souffrait de fissiparité : les experts se livraient à des études si spécialisées qu'ils perdaient tout contact les uns avec les autres. Les éléments ésotériques de l'histoire du livre devaient être intégrés dans une vue d'ensemble qui montrerait comment les parties pouvaient être articulées pour constituer un tout, ce que je qualifiais de circuit de communication. Le lecteur intéressé pourra consulter l'essai original dans *Daedalus* (été 1982), p. 65-83, et dans Robert Darnton, *Gens de lettres, gens du livre,* trad. de M.-A. Revellat, Paris, Éditions Odile Jacob, 1992, p. 153-175.

2. *A Potencie of Life : Books in Society,* sous la direction de Nicolas Barker, Londres, The British Library, 1993.

3. Voir Robert Darnton, *Le Diable dans un bénitier. L'art de la calomnie en France, 1650-1800,* Paris, Gallimard, 2010.

III

LE PAYSAGE DE L'INFORMATION ET L'INSTABILITÉ DES TEXTES

1. F. P. Wilson, *Shakespeare and the New Bibliography*, Helen Gardner, éd., Oxford, 1970, p. 121. Dans le Premier Folio, le passage est : « *Swithold footed thrice the world, / He met the nightmare and her ninefold*; / *Bid her alight/ And her troth plight, / And aroint thee, witch, aroint thee!* » (« Saint Vitold trois fois parcourut le monde, / Il vit Cauchemar et ses neuf marmots, / Lui dit de filer, / Le lui fit jurer, / Arrière, sorcière, arrière ! » Shakespeare, *Tragédies*, trad. de J.-M. Déprats, Paris, Gallimard, bibliothèque de la Pléiade, 2002, vol. II, p. 158; traduction modifiée ici pour tenir compte du premier vers). Pour un commentaire du passage où Edgar chante à propos d'un démon femelle, voir Stephen Orgel et A. R. Braunmuller, éd., *The Complete Pelican Shakespeare*, Londres et New York, Penguin, 2002, p. 1533.

2. Pour une discussion de ce problème et de la bibliographie en général, voir Philip Gaskell, *A New Introduction to Bibliography*, Oxford, G.-B., Clarendon Press, 1972, p. 336-360.

3. La définition de Greg, qui n'était probablement pas censée être une déclaration *ex cathedra* sur la science, figure dans son article de 1912, « What is Bibliography? ». Pour une discussion de ce mot, voir G. Thomas Tanselle, « Bibliography and Science », in *Studies in Bibliography*, vol. 27, 1974, p. 62.

4. Stanley Wells et Gary Taylor, éd., *The Complete Oxford Shakespeare*, Oxford, Oxford University Press, 1987, et Stephen Orgel et A. R. Braunmuller, éd., *The Complete Pelican Shakespeare*, Londres et New York, Penguin, 2002.

5. Charlton Hinman, *The Printing and Proof-Reading of*

the First Folio of Shakespeare, Oxford, G.-B., Clarendon Press, 1963, I, p. VII.

6. Frank P. Wilson et Helen Gardner, *Shakespeare and the New Bibliography*, Oxford, G.-B., Clarendon Press, 1970, p. x.

7. McKenzie fut le seul bibliographe capable de défier les vues communément acceptées en travaillant sur deux registres, la bibliographie énumérative et la bibliographie analytique. Mais il n'eut pas le dernier mot, ce qu'il n'aurait d'ailleurs pas souhaité. Deux livres publiés après sa mort, en mars 1999, nous donnent la mesure de ce qu'il a accompli et des possibilités que son travail ouvre à d'autres chercheurs. Le premier, *Making Meaning. « Printers of the Mind » and Other Essays*, édité par deux de ses anciens étudiants, Peter D. McDonald et Michael F. Suarez, S. J., rassemble en un volume ses essais les plus importants, classés ingénieusement par thèmes et présentés de manière à en faire ressortir l'originalité. Ces essais montrent l'esprit de McKenzie à l'œuvre, démontant les idées fixes et extrayant de matériaux extrêmement résistants des idées neuves. Ils soulèvent également la question de l'importance de la bibliographie au-delà du champ de la critique textuelle qui l'a vue naître.

Le second ouvrage, *Books & Bibliography : Essays in Commemoration of Don McKenzie*, montre comment cette question a été appréhendée par la génération récente de bibliographes et d'historiens du livre qui pourchassent dans ce recueil d'articles les lièvres que McKenzie a levés au cours de ses trente dernières années. Ils poussent l'étude de la production de livres loin dans les ateliers d'imprimerie du XIXe siècle, analysent l'interaction des moyens oraux et imprimés de communication, et explorent la transmission des « textes » au sens le plus large du terme — en musique, photographie et architecture. McKenzie avait enseigné que la bibliographie pouvait dépasser le domaine du livre. En suivant ses traces, ses successeurs ont montré que la bibliographie offre un moyen de comprendre la reproduction de formes culturelles de toutes sortes, à condition qu'elles se prêtent à une description rigoureuse.

Entre-temps les historiens du livre ont continué à percer d'autres mystères qui remontent à Gutenberg. En 2000, quand ils célébrèrent le six centième anniversaire de sa naissance — on suppose qu'il naquit en 1400 ; en fait, nous connaissons encore moins de choses sur lui que sur Shakespeare —, une profusion de publications attestèrent la vitalité des études bibliographiques. Au moyen de nouvelles techniques d'analyse du papier, de l'encre et des caractères d'imprimerie, des experts comme Paul Needham, Richard Schwab et Blaise Agüera y Arcas ont transformé nos connaissances sur la façon dont furent produits les premiers livres imprimés. En 1991, la bibliothèque Folger de Washington organisa une exposition de ses trésors et Peter Blayney les commenta dans un livre bref, *The First Folio of Shakespeare*, qui fait la synthèse des travaux les plus avancés sur Shakespeare dans une langue compréhensible par n'importe quel profane. La bibliographie, montrait-il, n'avait rien perdu de son énergie et elle pouvait s'adresser au grand public.

8. Selon le site, il s'agit d'« archives numérisées de l'histoire et de la créativité américaines » qui comprennent enregistrements sonores, gravures, cartes et nombreuses illustrations et photographies.

9. Archives rassemblant lettres, journaux intimes, documents officiels, périodiques et images sur la vie de deux communautés — une au nord, l'autre au sud, à quelque trois cents kilomètres de distance, dans la vallée de la Shenandoah au cours des années 1859-1870.

10. Voir mon article, « Finding a Lost Prince of Bohe-

mia», *New York Review of Books,* 3 avril 2008, p. 44-48. L'ouvrage *Les Bohémiens* de Pelleport a paru au Mercure de France, en 2010.

IV

L'AVENIR DES BIBLIOTHÈQUES

1. La loi de 1998 a prolongé de vingt ans, à titre rétroactif, la durée du copyright pour les ouvrages publiés après le 1er janvier 1923. Malheureusement, le statut en matière de droits des livres publiés au XXe siècle a été compliqué par des actes juridiques qui en ont étendu la durée onze fois au cours des cinquante dernières années. Jusqu'en 1992, les ayants droit devaient solliciter le renouvellement de leur protection ; une décision du Congrès a résilié cette obligation pour les ouvrages publiés entre 1964 et 1977 puisque, selon la loi de 1976, cette protection était garantie du vivant de l'auteur et cinquante ans après sa mort. La loi de 1998 a prolongé ces droits de vingt années supplémentaires. C'est la raison pour laquelle tous les livres publiés après 1963 restent protégés, tout comme un grand nombre d'ouvrages publiés entre 1923 et 1964 — on ne sait combien en raison d'informations incomplètes sur la disparition de leurs auteurs ou de leurs ayants droit. Voir Paul A. David et Jared Rubin, «Restricting Access to Books on the Internet : Some Unanticipated Effects of U.S. Copyright Legislation», *Review of Economic Research on Copyright Issues,* vol. 5, n° 1, 2008.

2. Il est possible de consulter le texte intégral de cet accord sur www.googlebooksettlement.com/agreement.html (et également sur Google, «Règlement de Google Recherche de Livres»).

3. R. W. Emerson, *Essais de philosophie américaine*, trad. d'Émile Montégut, Paris, Charpentier, 1851, p. 141.

V

MORT DU LIVRE OU MORT DU PAPIER ?

1. Période de prospérité aux États-Unis qui s'étendit de 1865 à 1900 environ. *(N.d.T.)*

2. *Double Fold*, cependant, se présente comme un reportage. Il décrit des personnes réelles qui subissent le même traitement hyperréaliste que les procédures dans les laboratoires, d'où les précisions d'ordre vestimentaire. Chandru Shahani, scientifique en chef à la bibliothèque du Congrès, est « un homme affable en costume gris ». Verner Clapp est « polymathique et porte un nœud papillon », Daniel Boorstin « un porteur chronique de nœuds papillons ». (Il semble que l'auteur ait quelque chose contre cet accessoire vestimentaire.) Baker attache des étiquettes descriptives à chaque individu qu'il nous présente et elles sont souvent positives : « souriant, effacé » ; « poli, maniéré » ; « au charme bourru ». Tout en ayant un sentiment spécieux de familiarité avec les personnages, le lecteur se rassure sur l'objectivité innocente de Baker.

VI

SUR LES PROPHÉTIES ANNONÇANT LA MORT DU LIVRE

1. Lorsque cet essai a été publié à l'origine, dans la *New York Review of Books*, le 18 mars 1999, sous le titre « Livres numériques et vieux livres », il comportait un

passage détaillé sur l'inflation du prix d'abonnement des revues scientifiques et sur son effet désastreux pour les bibliothèques, les presses universitaires et la carrière des jeunes chercheurs. Cette situation n'a pas changé. En fait, les tarifs sont plus exorbitants que jamais, mais j'ai condensé ici l'analyse car ce thème est repris ailleurs dans ce livre et je souhaite éviter les redites.

POUR CONCLURE PROVISOIREMENT

1. Cet essai, originellement paru sous le titre « Perdu et retrouvé dans le cyberespace », fut rédigé en mars 1999 alors que je lançais le programme Gutenberg-e à la Société historique américaine (voir l'Annexe de cet ouvrage, p. 185) et que, dans le même temps, je concevais un livre numérique que je projetais d'écrire moi-même. Dix ans plus tard, je suis toujours plongé dans son écriture, mais j'en ai presque constitué toute la documentation que je rendrai bientôt accessible sur un site tout en continuant à rédiger le corps principal du texte.

ANNEXES

1. Dorénavant désignée sous la forme AHA. *(N.d.T.)*
2. Patrick Manning, « Gutenberg-e : Electronic Entry to the Historical Professoriate », *American Historical Review,* n° 109, décembre 2004, p. 1506.
3. Sanford G. Thatcher, « From the University Presses — A Post-Mortem for Gutenberg-e : Or, Why Ross Atkinson's Dream Is Still a Dream », *Against the Grain,* décembre 2008-janvier 2009, p. 72.

INDEX

APPENDICES

DU MÊME AUTEUR

Aux Éditions Gallimard

ÉDITION ET SÉDITION. L'univers de la littérature clandestine au XVIIIe siècle, coll. NRF Essais, 1991.

BOHÈME LITTÉRAIRE ET RÉVOLUTION. Le monde des livres au XVIIIe siècle, coll. Tel n° 370, 2010 (1re édition Gallimard/Seuil, coll. Hautes Études, 1983).

LE DIABLE DANS UN BÉNITIER. L'art de la calomnie en France 1650-1800, coll. NRF Essais, 2010.

Chez d'autres éditeurs

L'AVENTURE DE L'*ENCYCLOPÉDIE* 1775-1800. Un best-seller au siècle des Lumières, Perrin, 1982 ; Éditions du Seuil, coll. Points Histoire, 1992.

LA FIN DES LUMIÈRES. Le mesmérisme et la Révolution, Perrin, coll. Pour l'histoire, 1984 ; Odile Jacob, coll. Opus, 1995.

LE GRAND MASSACRE DES CHATS. Attitudes et croyances dans l'ancienne France, Robert Laffont, coll. Les Hommes et l'histoire, 1985 ; Hachette Littératures, coll. Pluriel, 1986 ; Les Belles Lettres, coll. Le goût des idées, 2011.

DERNIÈRE DANSE SUR LE MUR. Berlin, 1989-1990, Odile Jacob, coll. Histoire, 1992.

GENS DE LETTRES, GENS DU LIVRE, Odile Jacob, coll. Histoire, 1992 ; Éditions du Seuil, coll. Points Odile Jacob, 1993.

POUR LES LUMIÈRES. Défense, illustration, méthode, Presses universitaires de Bordeaux, coll. E-18, 2002.

Contributions à des ouvrages collectifs

PRATIQUES DE LA LECTURE (sous la direction de Roger Chartier), Payot, coll. Petite bibliothèque Payot, 1993.

LA SOCIÉTÉ TYPOGRAPHIQUE DE NEUCHÂTEL (1769-1789). L'édition neuchâteloise au XVIIIe siècle, Bibliothèque publique et universitaire de Neuchâtel, 2003.

Composition Graphic Hainaut
Impression Novoprint
à Barcelone, le 10 octobre 2012
Dépôt légal : octobre 2012

ISBN 978-2-07-044822-7./Imprimé en Espagne.

243139